Con mi madre

Soledad Puértolas

Con mi madre

EDITORIAL ANAGRAMA
BARCELONA

Diseño de la colección:
Julio Vivas
Ilustración: foto © Jaime Puértolas

Primera edición: mayo 2001
Segunda edición: mayo 2001
Tercera edición: septiembre 2001
Cuarta edición: enero 2003

Pedró de la Creu, 58
08034 Barcelona

ISBN: 84-339-2482-6
Depósito Legal: B. 2537-2003

Printed in Spain

Liberduplex, S.L., Constitució, 19, 08014 Barcelona

A mi madre

MI MADRE, LOS AMIGOS Y DIOS

Mi madre murió el 26 de enero de 1999. Desde ese día, por necesidad, para no sentirme desbordada por el dolor, he ido escribiendo sobre ella, sobre lo que ha significado su vida y su muerte. No es en absoluto fácil vivir en su ausencia, sin escuchar esa voz cada vez más enronquecida que irrumpía en casa a través del hilo telefónico y que, después de preguntar indefectiblemente, sin fallar ni una sola vez, cómo se encontraban mi marido y mis hijos, se explayaba en quejas. Mi madre que, durante la mayor parte de su vida, jamás se había quejado de nada, al final se quejó. El dolor se impuso y la sobrepasó. Todo le dolía. El cuerpo, y también el alma. Se sentía triste, terriblemente desanimada. Yo colgaba el teléfono con su desconsuelo dentro de mí, pero bien sabía yo que mi pesadumbre no podía compararse con la suya. Mi madre sufría, se estaba extinguiendo. Era perfectamente consciente de su decadencia, de su decrepitud. Y sabía que, por mucho que se quejara, ese camino lo estaba recorriendo sola.

He escrito sobre mi madre, pero sé que no puedo abarcar su vida. Sé, también, que mis sentimientos acerca de su vida y su muerte han ido cambiando, porque el tiempo me ha ido dando nuevas perspectivas desde las que veo a mi madre de forma nueva. Busco verdad y consuelo, busco poder vivir con la ausencia de mi madre, con el dolor que la poseyó y con ese final que en cierto modo yo considero voluntario, sosegado. Vivir sabiendo que nunca conoceré del todo a mi madre y que sus motivaciones más profundas le pertenecen exclusivamente a ella. Vivir tratando de lograr que el respeto y el amor se impongan sobre la añoranza. Que mi vida con ella y mi vida sin ella se enlacen. Aceptar el drama, pero no quedarme en él. No sería justo para ninguna de las dos. Ciertamente, cuando se ve tan de cerca la muerte no se puede dejar de sentir que es un drama irresoluble, y el horror que inspira la drástica desaparición nos paraliza. Sin embargo, la persona que ha muerto ha emprendido un viaje y nosotros también tenemos que avanzar. Todos viajamos. Viajamos constantemente. Conozcamos o no nuestro objetivo, viajamos. ¿No nos deparará ese viaje futuros encuentros con la persona muerta, nuevas visiones de ella?

Ésta es ahora mi sensación. Y también mi propósito. Porque una vez que la sensación me invadió, una vez que fui sacudida por una especie de revelación, decidí partir de allí. Tomé esa decisión porque me pareció lo más justo. No he conocido del todo a mi madre, me dije, no he sabido lo que había detrás de su dolor y de su silencio. Pero tengo que saber ahora lo que hay en esta ausencia. Tengo que amarla más por todo lo que no conocí y en lo que ella, sin duda, se apoyó para vivir ochenta y dos años. Tengo que amarla por su amor. Detrás de esta ausencia tengo que encontrar el amor.

Durante años, la he observado en ratos de silencio, de lejos. Cuando murió, se agolparon en mi mente las zonas oscuras o en penumbra, los huecos y carencias que yo había creído intuir en su vida. Mi madre, radicalmente discreta y humilde, siempre optó por la contención. ¿Qué había en esa contención?, me he preguntado desde el día en que murió. Y he llorado hasta el agotamiento. Después de las lágrimas, vino la revelación. Ella estaba allí, dentro de la contención. La forjó ella, Ana María Villanueva Guerendiáin. Mi madre, una persona autónoma. Creó su vida de principio a fin.

Son muchas, sin duda, las posibles omisiones que he cometido en estas páginas, pero no quiero que este libro dedicado a mi madre se convierta en algo inacabable. Es el momento de aceptar que, aunque el tiempo que a partir de ahora va a transcurrir y que seguirá transformando la relación con mi madre, lo que ya tengo en las manos me puede servir. Ofrecérselo –a ella y a todas las personas que lo quieran leer–, hacer, en fin, públicas mis evocaciones y reflexiones, nos ayudará a las dos.

De entre las posibles omisiones que con toda probabilidad se dan en estas páginas, hay dos asuntos que merecen algo de atención porque eran importantes para ella. No puedo dedicar un libro a la memoria de mi madre sin mencionar lo mucho que significaban para ella mis amigos, todos los amigos de sus hijas, y luego, los amigos de sus nietos. No puedo, tampoco, eludir su fe, su religión.

Mi madre creía en la existencia de Dios y siempre le dolió que sus hijas, cada una a nuestro modo, nos alejásemos de la fe de la Iglesia católica. Para no herirla, me casé por la Iglesia y, más tarde, bauticé a mis hijos, aunque mi marido, que no estaba de acuerdo, si bien dio su consentimiento, no estuvo presente en los bautizos. Fueron, sobre todo el de mi primer hijo, que no era ya un recién nacido, bautizos un poco clandestinos. Pero ella me lo pidió y a mí no me costaba nada complacerla. Tampoco me siento absolutamente descreída, aunque nunca llegamos a hablar mucho de eso. Quizá ella pensara siempre que mi ausencia de fe era mayor de lo que es. Entre otras muchas cosas, mi madre, ya lo he dicho, era profundamente discreta. A veces, se lamentaba, de manera general, del descreimiento religioso de sus hijas. Recuerdo haberla oído decir que eso le hacía sufrir. Le dolía que los ritos no se cumplieran. Pero su queja nunca fue insistente y tengo la impresión de que casi llegó a desaparecer con el tiempo, como si hubiera llegado a la conclusión de que hay muchas formas de creer, de que cada persona tiene su propio Dios.

Cuando publiqué mi novela *Si al atardecer llegara el mensajero*, entre cuyos personajes se encuentra Dios, mi Dios particular, tal y como hacía siempre que publicaba algo, se la di, porque ella era muy buena lectora y enseguida se lanzaba a la lectura de mis libros, pero no le pregunté después qué le había parecido. No recuerdo, al menos, haberlo hecho, no recuerdo que ella me comentara nada. Cuando finalizaba la lectura de uno de mis libros, me llamaba para decirme lo mucho que le había gustado y lo admirada que estaba, lo muy orgullosa que se sentía de mí. No se extendía mucho, no me hacía largos comentarios. Por encima de todo, mantenía la discreción, la contención. El primer libro mío que no pudo leer fue, creo, *Gente que vino a mi boda.* Le habían operado de cataratas y había perdido mucha vista. Ni podía leer ni podía coser. Sólo ver la televisión. Me dijo que para ella era muy penoso no poder leer mis libros, que eso le dolía terriblemente. Después de que ella muriera, terminé *La señora Berg.* Mi madre está presente en esta novela, sobre todo al final. Yo no hubiera podido escribir ese final de no haber asistido, con terrible impotencia, a los últimos días de mi madre.

El caso fue que en los últimos años de su vida, aunque era evidente que ella creía en Dios, apenas habló de eso con nosotras, sus hijas. Y conmigo, si es que leyó, como creo, *Si al atardecer llegara el mensajero*, habría podido hacerlo. El Dios que aparece en la novela no es, evidentemente, el Dios del catecismo colegial. Es un Dios que contempla su obra con inquietud, con nostalgia. A lo mejor mi madre se sintió desconcertada y prefirió no decirme nada. Creo que en todo lo que hace a la religión, mi madre, en determinado momento, decidió callar. Tengo la impresión de que internamente nos perdonó. O supo que, de existir –y ella creía que sí, que Dios existía–, Dios era grande y magnánimo, y lo de menos era cumplir con los ritos. Creo que su mente se ensanchó, que comprendió que había formas de vivir que Dios podría aprobar, formas de pensar que Dios comprendería.

Durante los últimos años de su vida, que fue cuando más la conocimos porque, además, las circunstancias políticas permitían ya hablar con más confianza, mi madre se manifestó como una persona que no era tan de derechas como podíamos haber imaginado. Creo que no se atrevía a declararlo, pero había un fondo de izquierdas, de eso que se entiende por izquierdas, en sus opiniones. Nos miraba con complicidad las escasas veces que en casa de mis padres se hablaba de política. Estaba de nuestro lado. Y quizá Dios, ese Dios del que apenas hablaba, también lo estaba.

La suya fue, poco a poco, una forma personal, silenciosa, de creer en Dios. No era propagandista. Imagino que creer en Dios le pudo proporcionar algún consuelo, pero tampoco estoy muy segura del alcance de ese consuelo, porque sé que mi madre sufría y se sentía sola. Cuando me decía lo mucho que sufría, nunca me habló de Dios. Pero ahora creo que Dios, de existir, estaba en su interior, en la luz de sus ojos cuando nos veía aparecer por la puerta. Ojalá Dios le haya acompañado, le haya dado algún consuelo.

Nuestros amigos sí le proporcionaron compañía y consuelo, por fugaces que hayan sido los encuentros que tuvo con ellos; de eso no puedo dudar porque era evidente. A raíz de un pequeño episodio ocurrido hace unos días, he recordado el interés, la enorme curiosidad con que mi madre miraba y hablaba con nuestros amigos y los amigos de sus nietos.

Una vez más, en una entrevista, me preguntaron qué pensaba yo de la juventud. Es una pregunta que está de moda. Por el tono en el que el entrevistador la formuló, estaba claro lo que pensaba él. Por si no estuviera lo bastante claro, añadió: Ya sabe, los jóvenes de hoy no leen, no se interesan por la política, tienen, de tenerla, la cultura del ordenador, de las discotecas, de las drogas... ¡Qué juventud!, dijo sin decirlo. Me miró seguro de que le iba a dar la razón. Permanecí unos segundos en silencio. Me gusta ese suspense. El entrevistador estaba, creo, plenamente confiado. Al cabo, saqué la metralleta. Lo hice con toda suavidad. Era una metralleta camuflada y el entrevistador no podía, de momento, reconocerla. Disparé lentamente, apunté sin mirar. La juventud, dije, y suspiré como una actriz consumada (o eso creo yo, que en aquel momento me sentía muy segura). La juventud, repetí.

¿Puede usted aislar a la juventud?, ¿puede definirla?, ¿qué años tiene usted, unos cuarenta? ¿No pertenece usted a la generación que ahora está en los puntos claves de poder y de influencia? Su generación y la mía han hecho esta sociedad. En esta sociedad viven estos jóvenes que no leen, estos jóvenes que van a lo suyo, descreídos, cínicos... Pero no nos hacemos esta reflexión, estos pensamientos no se nos pasan por la cabeza. ¿Se les ofrece a los jóvenes puestos de trabajo?, ¿han aprendido, en la etapa escolar, a adentrarse por las sendas de las artes y disfrutar en ellas?, ¿qué ha hecho usted por los jóvenes, amigo mío?, ¿se ha reunido con ellos para debatir profundos problemas filosóficos?, ¿ha hablado con ellos de la crisis de valores, de ideologías, que en estos últimos años se ha producido?

El entrevistador se defendió. Dijo que en su juventud luchó y se arriesgó. Creía en algo. Leía, iba a cine-clubs. Pero ya había perdido la batalla. Su aspecto era lamentable. Sus razones no podían convencer a nadie, y lo intuía. No disfruto con la derrota ajena, de forma que finalmente hasta nos hicimos un poco amigos. Mi metralleta no era tal. Estoy en contra de las armas.

Cuando este nuevo amigo a quien probablemente no volveré a ver se fue, me vino a la memoria una conversación mantenida con uno de mis hijos en plena adolescencia. Mi hijo estaba muy impresionado por una pregunta que le había hecho un amigo suyo, hablando de los fines de semana. ¿Qué haces tú a las cuatro de la tarde?, le había preguntado el amigo. Estuvimos hablando largo rato de todo lo que esa pregunta llevaba dentro. Angustia, soledad. Grandes problemas. A la vez, estaba llena de poesía. Era poesía.

Hace unos días, pasados algunos años desde entonces, el autor de la frase, mis hijos y yo estuvimos un buen rato, alrededor de la mesa de la cocina, cada cual con su bebida preferida, conversando sobre lo mismo: ahí siguen, con toda su incertidumbre, las cuatro de la tarde, las horas de la soledad y de la angustia. Naturalmente, superada ya la adolescencia, hay menos miedo y menos confusión. Pero ¡qué valores nos tratan de imponer desde fuera!, ¡qué poca confianza somos capaces de desarrollar entre nosotros!, ¡qué poco nos conocemos! Vivimos de espaldas unos a otros. Tratamos de evitar toda complejidad. No nos permitimos la curiosidad, el interés, la mezcla. No nos lo permiten. No hay una orden taxativa, pero esta sociedad no propicia el entendimiento sino lo contrario: la competitividad, la agresividad, la lucha.

Me acordé de mi madre por la noche. Durante mi fugaz época universitaria madrileña, mis amigos venían a estudiar a casa. Tardaban un rato en llegar a mi cuarto. Se quedaban junto a mi madre, que les preguntaba muchas cosas. Uno de esos amigos le dijo a mi madre una vez: Conocerla a usted ha sido lo mejor que me ha proporcionado el ser amigo de Soledad. Mi madre tenía tiempo para hablar con mis amigos, tenía curiosidad. Sabía que algunos de ellos eran líderes entre los estudiantes; estaban, en suma, en contra del régimen de Franco. Pero a ella, que por entonces no hablaba de política, eso no parecía importarle. Nunca me previno contra nadie. Nunca pronunció ninguna frase tópica sobre las malas compañías. Pasaron los años y, aunque yo perdí de vista a muchos amigos, ella aún me preguntaba por ellos. Nunca olvidó sus nombres. Tampoco se había olvidado de cómo eran. Hablaba de ellos como si los hubiese conocido mucho, como si hubiese conseguido intuir, en aquellas conversaciones que había mantenido a solas con ellos, muchos de sus rasgos más definitorios.

Tengo la impresión de que mi reacción en cuanto se acusa a la juventud de cometer innumerables pecados se la debo a ella. Mi madre estuvo presente la otra tarde en la cocina. Ahora veo que, en realidad, la sensación de la presencia de mi madre junto a mí, o de la existencia de ella en alguna parte –su supervivencia, su inmortalidad–, se hace más perceptible, casi palpable, en los ratos en los que estoy con mis hijos y sus amigos. Es posible que en su compañía se despierte en mi interior algo así como un sentido de continuidad. Evoco su mirada curiosa, su espíritu abierto, su enorme interés por las vidas ajenas que entraban en su hogar y que tenían relación con las nuestras, las de sus hijas. Desde mi cuarto, yo oía a mi madre reírse con mis amigos y, años después, la vi innumerables veces reírse con mis hijos. Se situaba a su altura de una forma completamente natural, sin tener que realizar esfuerzo alguno. Se reía como ellos y de las mismas cosas que ellos se reían. Mis hijos también la trataban con una especial confianza íntima, nacida de la certeza de que ella les entendía perfectamente. Y de algo aún más importante: sabían que se divertía con ellos.

Puede que las transformaciones que el tiempo dé a la visión que ahora tengo de mi madre me lleven a escribir más páginas sobre ella. No lo sé. Pero sé que la hora de poner una especie de punto final a los sentimientos y reflexiones de estos años tan cercanos a su muerte ha llegado.

EL TIFUS Y LA GALLINA PETIRROJA

Cuando, a los tres años, la enfermedad del tifus se apoderó de mí y también de mi madre, pasé un largo mes recluida con ella en uno de los cuartos de la casa de mi abuela, en Pamplona. Lo llamábamos el cuarto rojo, porque predominaba el color rojo; los muebles, unas sillas muy rectas y unos sillones de brazos y un sofá, todos muebles rectos y duros, estaban tapizados de terciopelo rojo con dibujos de flores, y las cortinas y la colcha de una cama turca eran de damasco rojo, igualmente floreado. Era un cuarto destinado a recibir a las visitas –si bien yo no recuerdo ninguna– y en algún momento también albergó la mesa de despacho de mi tío Pedro, el único hijo que todavía vivía en casa de la abuela. Era un eterno opositor a notarías.

Pero es difícil determinar el tiempo que duró nuestra reclusión, y no estoy segura de que fuera un mes o dos o tres... El tiempo no se contaba de forma convencional, tenía un ritmo lentísimo. Aquel tiempo ocupa un bloque importante dentro de mis recuerdos y sé que mi vida no habría sido la misma si mi memoria no hubiera guardado en un lugar especial esa suma de días que conviví con mi madre, las dos enfermas, amenazadas de muerte, envueltas en el color rojo de aquel cuarto que fue, mientras duró la enfermedad, enteramente nuestro y un territorio casi prohibido para los otros habitantes de la casa.

Fue en ese cuarto rojo donde me contaron el cuento que me aprendí de memoria y que también marcó mi vida, porque, luego, vencida la enfermedad, cogí entre las manos el libro en el que se encontraba el relato y reconocí una a una todas las palabras. Fue así, de golpe, como aprendí a leer. Y, sobre todo, me quedé para siempre seducida por la vida que se contiene en los relatos, esa otra vida que te ayuda en la vida que tú, esa enferma de tres años, estás viviendo.

Esa enferma de tres años accedió, a través del cuento que le contaban día a día, y seguramente más de una vez en el mismo día, según me dijeron, a un mundo mágico en el que no son necesarias las reglas que rigen éste. Accedí a la invención, y, como eso ocurrió durante aquella larga enfermedad, la invención quedó para siempre ligada a una idea de refugio, de territorio prohibido para los otros y sagrado para mí. Y para mi madre. Por eso siempre he tenido la sensación de que ha sido mi madre la responsable de que la imaginación, la necesidad de escribir, se haya ido abriendo paso a lo largo de mi vida, día a día también, y haya llegado a ocupar el espacio que hoy ocupa y que casi no podría delimitar, tan ligado está a lo que es mi vida, a lo que soy.

¿De qué trataba aquel cuento?, ¿qué es lo que aún recuerdo de él?

De que la protagonista del cuento era una gallina no tengo la menor duda, una gallina petirroja, adjetivo cuyo verdadero significado desconocía, pero que para mí siempre tuvo un sentido de desdicha. La gallina petirroja era una pobre y desgraciada gallina a quien nadie quería. Imagino que si nadie me explicó lo que significaba el adjetivo de petirroja fue porque nunca lo pregunté, segura como estaba de mi interpretación.

Incorporada en la cama supletoria que pusieron para mí al lado de la cama turca que ocupaba mi madre, una y otra vez pedía, exigía, con impertinente obstinación, que me leyeran el cuento. En alguna parte perdida de mi memoria se habrá quedado grabado si, como sostienen algunos neurólogos, todo lo que vivimos es archivado en el cerebro, si bien no todo aflora en los recuerdos.

Creo recordar que la gallina vivía en una granja poblada por otros muchos animales. Supongo que los granjeros se dedicaban a la cría de animales y que de eso vivían. Los animales de la granja eran su sustento. No me ha quedado en la memoria ninguna corriente de simpatía hacia esos granjeros. Es de suponer que eran totalmente indiferentes a la suerte que corrían finalmente sus animales y que no les trataban con excesiva delicadeza. Eran bruscos, seguro, incluso algo crueles y me parece que a la pobre gallina petirroja le tenían una manía especial. Me parece, también, que esos granjeros tenían muchos hijos y que esos niños iban siempre muy sucios y desarrapados. Los granjeros tampoco les hacían mucho caso. Andaban por la granja cada uno por su cuenta, mezclados con los animales, haciendo lo que les venía en gana. Y, desde luego, esos niños no sentían ninguna piedad hacia los animales que prácticamente convivían con ellos. Hasta creo que les tenían un poco de envidia, porque a fin de cuentas los granjeros sabían que los animales eran su sustento y, en cambio, los hijos eran bocas que alimentar, y es de suponer que cuidaban más a los animales que a los hijos que habían tenido en común. En todo caso, estoy completamente segura de que los hijos de los granjeros trataban mal a los animales de la granja. En eso consistían sus diversiones y entretenimientos, en reírse de los pobres animales, a los que ponían trampas y dificultades. Y, por supuesto, la pobre gallina petirroja era el blanco más frecuente de sus burlas.

Esta pobre gallina petirroja cuya historia tanto me interesaba –me obsesionaba– era extremadamente sensible. Y eso, sin duda, era lo que yo quería saber una y otra vez: cómo podía resolverse el destino de un ser sensible y delicado en medio de la mayor brutalidad. La naturaleza no había sido pródiga con ella en lo que hacía a su aspecto. Era una gallina fea. No existía en ella la menor armonía. Andaba como cojeando y a veces perdía el equilibrio y se caía, por lo que estaba más sucia que todas las otras gallinas y todos los otros animales, incluidos los cerdos.

También creo recordar que la sensible y pobre gallina petirroja, que durante el día prefería pasar del todo inadvertida, no fuera a ser que a los hijos de los granjeros, tan despiadados, se les ocurriera una fechoría nada más verla, por la noche, cuando los granjeros, sus hijos y todos los otros animales dormían, salía de su rincón y paseaba un poco porque, de tanto estarse quieta, tenía el cuerpo entumecido. Ése debía de ser para mí un momento muy emocionante: ver a mi pobre y desgraciada gallina disfrutar de un rato de libertad. Nadie la amenazaba por la noche. Y, como era una gallina muy poética, hasta alcanzaba algunos instantes de felicidad, porque algunas noches son mágicas.

Luego venía, creo recordar, otro momento más emocionante aún: la noche en que la gallina petirroja descubrió que en la valla del corral había un agujero por el que ella podía pasar perfectamente. ¡Podía escaparse!

Naturalmente, le costó algún tiempo decidirse. Toda una vida de desgracias y humillaciones no facilita un acto heroico. La pobre gallina tenía miedo. ¿Miedo de qué? De lo desconocido. ¿Y si fuera del corral todo fuese como dentro del corral? ¿Y si la apresaban en medio de la fuga y su vida, después, aún empeorara más, quizá incluso se acabara por completo?

Pero un día ocurrió algo que le hizo tomar la decisión de escaparse. ¿Lo recuerdo?, ¿lo imagino? Uno de los hijos del granjero se acercó de pronto al rincón donde se escondía la desgraciada gallina y, sin más ni más, sin que la pobre gallina hubiera hecho el menor gesto de provocación –se quedó más quieta que nunca, apenas respiraba–, le propinó una bestial patada que hizo que la gallina se alzara sobre la tierra y cayera luego maltrecha, como si se le hubiera roto el esqueleto.

Entonces la gallina comprendió que su destino ya estaba resuelto, porque sabía lo que les sucedía a los animales que sufrían algún accidente. Desaparecían de inmediato y, al día siguiente, de la casa de los granjeros emanaba un olor especial, ese olor de la comida que a los humanos les parece más sabrosa.

Esa misma noche, la gallina petirroja atravesó el agujero de la valla. Su vida ya no podía empeorar. Al otro lado de la valla comprendió que estaba herida, pero ¿qué podía importar una herida más? Echó a andar y, poco a poco, fue conociendo un sentimiento nuevo: el orgullo.

Al orgullo le siguió la felicidad, que tampoco había experimentado nunca. La gallina lloró de emoción y las lágrimas le dieron un gran consuelo. Su vida anterior, la vida en el corral, había concluido. Fuera lo que fuese lo que ahora le esperara, ya sería otra cosa, ya sería algo que dependía de una decisión que ella había tomado: atravesar el agujero de la valla.

Lo he hecho, lo he hecho, se decía, aún incrédula. He sido capaz...

¿De qué se trataba ahora? De encontrar un lugar donde vivir, un sitio agradable en el que no fuera humillada, un sitio donde el orgullo y la felicidad se pudieran mantener. ¡Pero había sido siempre tan poca cosa! Todo había cambiado, era cierto, pero ¿estaba segura de sus nuevas fuerzas, de esos sentimientos embriagadores que la hacían sentirse dichosa e independiente, valiosa? ¿No estaba viviendo un sueño? Porque, en su anterior vida de corral, la gallina petirroja había concebido sueños, alguna que otra vez se había atrevido a imaginar que el horrible mundo que la cercaba desaparecería como por arte de magia, y quizás un príncipe... Ahí se detenían los sueños.

Pero ahora ella andaba, y se sentía ligera, segura de encontrar un lugar donde cobijarse para pasar la noche, porque el orgullo que había dado paso a la felicidad ahora se transformaba en seguridad, en optimismo y valor. Si estaba dentro de un sueño o no, no le importaba. Estaba viviendo la única aventura de su vida y nunca hubiese podido imaginar que fuera tan magnífica. Estaba en el núcleo de una historia feliz.

Llegó al lecho de un arroyo seco y algo le dijo que si seguía el curso que el lecho del desaparecido riachuelo le indicaba, encontraría un puente y no le parecía nada mal la idea de dormir bajo un puente.

Y eso fue lo que pasó. Divisó un puente, pequeño, deteriorado. Estaba claro que no pasaba mucha gente por ahí. Mejor. La vida social que hasta el momento había conocido la gallina no la llevaba a desear encuentros con otros animales, fueran o no de su especie, y menos aún con los humanos, siempre displicentes e incluso crueles.

La gallina petirroja se cobijó bajo uno de los pilares gastados del pequeño puente y, cansada como estaba, y feliz, se hundió en un sueño apacible, redentor.

Y yo no sé si aquí era donde acababa el cuento, como tampoco sé, desde luego, si éste era exactamente el relato que me leían más de una vez al día, pero tengo la impresión de que este final no es del todo feliz, porque la soledad acaba por oprimir el corazón, y la libertad, en tal caso, no sirve de nada. Yo creo que la gallina petirroja puso huevos y, como no estaba allí la granjera para recogerlos enseguida, la gallina, Dios sabe cómo, los incubó y en unos días los polluelos revoloteaban a su alrededor. La gallina los miraba, extasiada. Eran su obra y tenían, a la vez, vida propia, personalidad propia.

Y creo también que la colonia de la gallina petirroja fue creciendo y ocupando cada vez más terreno. La colonia se organizó muy bien y los otros animales que vivían en los contornos les iban de vez en cuando a visitar. Mantenían animadas conversaciones y todos se compadecían de los pobres animales que los granjeros tenían recluidos en corrales y establos. Pero así como ellos eran libres, quizá lo fueran un día los otros animales.

También puedo imaginar que la gallina petirroja se distinguió entre todos los animales que vivían con ella y entre los que venían a visitarla por su gran sentido común, su generosidad y hospitalidad. Todos se referían a ella con respeto y la consideraban una especie de gurú, de gran consejera.

He llegado a pensar que algunas veces, animales de especies desconocidas que habían oído hablar de la gallina petirroja y que deseaban conocerla, impresionados por todo lo que se comentaba de ella, llegaron desde muy lejos hasta la colonia de la gallina. No sólo no se quedaron decepcionados sino que prolongaron su estancia en la colonia y se despidieron con lágrimas en los ojos y promesas de volver y de decir a todos los animales con los que se encontraran en el camino de regreso a su hogar y luego, a los que vivían cerca de ellos, que habían visto por sí mismos que la felicidad era posible y que todo lo que se comentaba de la gallina petirroja era cierto y en realidad escaso, porque jamás hubieran imaginado los placeres que puede proporcionar una conversación tranquila, la satisfacción de encontrarse ante la corporización de la comprensión y la magnanimidad. Habían aprendido muchas cosas aunque no podían explicar claramente qué era lo que habían aprendido, pero sabían que los días pasados en la colonia de la gallina petirroja habían significado mucho para ellos.

Volvían cambiados, irradiaban luz, y los animales que les miraban y escuchaban comprendieron que las enseñanzas que habían recibido no eran enseñanzas que se pudieran relatar y que las irían conociendo poco a poco, porque se desarrollarían en el tiempo de forma natural. Los animales, a diferencia de los humanos, siempre empeñados en llegar a la meta cuanto antes, apoyados, se dicen, en la razón, captan a la primera la esencia de las cosas y no necesitan muchas explicaciones. Así, el espíritu fraternal y sabio que la gallina petirroja había descubierto y hecho suyo después de escapar del corral, se derramó, como agua milagrosa, sobre las colonias de todos los animales que poblaban la tierra por entonces y ésa fue, sin ninguna duda, la época dorada de la vida de los animales, que no puede caer en el olvido porque el oro de esas vidas nos beneficia a todos.

Y aquí sí puedo dar por concluido el cuento. La gallina petirroja, que tanto había sufrido durante la primera parte de su vida, alcanzó después la felicidad e hizo felices a todos los que la conocieron. La historia de su vida se propagó a través de los años y así es como ha llegado hasta nosotros y yo he podido recuperarla del fondo de mi memoria.

Ya tengo escrita la historia de la gallina petirroja. Ha venido a mi cabeza poco a poco, como ha venido el aire, la imagen, el olor a medicina del cuarto donde nos pasábamos los días y las noches, separadas del resto de los habitantes de la casa, mi madre y yo. El cuarto rojo del piso de la abuela, rojo como el pecho de la gallina que primero fue muy desgraciada y después alcanzó la felicidad.

Éste es el cuento por el que aprendí a leer. La gallina petirroja aprendió, después de pasar unos años recluida en el corral en el que era maltratada, a ser libre y feliz y generosa. Los cuentos deben terminar bien. Todo tendría que terminar bien.

Después de aquel cuento, leí muchos otros, leí todo lo que caía en mis manos. Y, casi al mismo tiempo, empecé a escribir. Creo recordar que lo primero que di a leer a los demás, a mis mejores amigas, ya en los umbrales de la adolescencia, eran poemas de tono trágico. Mis amigas se quedaron un poco asustadas. No es fácil llegar a los finales felices. Creo que por aquel remoto entonces me identificaba con todas las desdichas que la gallina petirroja del cuento había padecido durante su vida en el corral y que seguramente empecé a escribir por eso, para salir del corral, para poder volar.

Supongo que ese impulso permanece. Cuando estoy escribiendo un relato o una novela y me aproximo al final, estoy muy atenta a los más mínimos destellos de luz. Eso es lo que me empuja a escribir. Esa luz fue lo que la gallina petirroja que me acompañó durante mi larga enfermedad encontró al final.

Pero yo tenía a mi lado, durante los largos días del tifus, otra luz más cálida y esencial, la que provenía de la cama de mi madre. Los hilos van y vienen, se entremezclan. En un relato y una novela puedes poner la palabra fin. En la vida, es la muerte quien escribe esa palabra. Pero, al escribir, puedes borrar la palabra fin. Sin necesidad de escribirla, ésta es la palabra que se queda flotando en el aire: CONTINUARÁ.

ANTES DE LA MUERTE DE MI MADRE

Cuentan que cuando el luego afamadísimo escultor Alberto Giacometti, siendo aún desconocido, fue atropellado por un coche, dijo: «¡Por fin pasa algo!» Con el recuerdo de esta anécdota leída o escuchada no sabía ya dónde, con las hipotéticas palabras del admirado Giacometti en la cabeza, he entrado muchas veces en el inmenso hospital donde ha estado internada mi madre en épocas distintas, por causas distintas, he recorrido el intrincado laberinto de los pasillos, he permanecido en la habitación de mi madre y he regresado a casa al anochecer, dejando atrás la gigantesca mole donde los enfermos dormían o trataban de dormir, solos en sus camas, a la espera del nuevo día y de las visitas diurnas, o he regresado de mañana, después de haber dormido allí, junto a mi madre, y abandonándola luego al ajetreo diurno del hospital.

Algo está pasando, me he dicho todas esas veces,

tratando de aceptar la fatalidad, de buscar, incluso en situaciones tan penosas, algún signo alentador, algún apoyo. Y sin duda estaban allí, a mi alrededor, sepultados bajo la tupida y oscura red que al principio cubre la visión de la vida en los hospitales públicos. Me he dicho, me he repetido, en la sala de espera de los ingresos de urgencias, desaparecida mi madre por un ancho corredor al que se nos prohibía acceder, que la vida de mi madre, ya tan limitada y rutinaria, era en ese momento interrumpida e inundada, no sólo de miedo y dolor, sino también de emoción, y todos nos habíamos reunido a su alrededor, todos le habíamos hecho saber cuánto nos preocupábamos por ella. Y cuando su dolor remitía, iban saliendo a la luz otros pequeños puntos en los cuales se podía encontrar cierto apoyo. Las otras enfermas, los familiares de las otras enfermas, algunas enfermeras. En las habitaciones compartidas se establece un ambiente de vida vecinal, comunitaria, y todos nos acabábamos conociendo y prestándonos mutuamente ayuda.

Poco a poco, por debajo de la tupida y despiadada red burocrática que rige la vida del hospital y del trato tajante y apresurado que se les presta a los enfermos, va apareciendo el bullicio de las vidas que habitan en él, y cada cama, cada enfermo, crea a su alrededor un mundo insólito, insospechado. El asombro de la vida nos sacude a unos y a otros, obligados de pronto a esa inaudita y transitoria convivencia, a la mutua observación. Y, comparados con lo que vemos aquí, en las habitaciones comunales de los hospitales públicos, los folletines, los melodramas televisivos, no son nada. Todas estas vidas que de golpe nos rodean y nos invaden son dignas de una novela o de una película, estos personajes, la enferma, el hijo o la hija de la enferma, el padre, la cuñada, la amiga, hasta el momento anónimos, absolutamente desconocidos, irrumpen en nuestra vida con una fuerza tal que casi retrocedemos, asustados. Pero son la vida, estaban allí, y súbitamente salimos de la nuestra, y lo vemos todo de lejos, precisamente porque ahora estamos cerca.

Nadie podrá convencerme de que la rudeza que actualmente impera en el trato que se les da, nada más ingresar, mientras se tramita el ingreso, a los enfermos y a sus familiares, es necesaria y conveniente. Es espantosa. En el aturdimiento, por no decir angustia, que se apodera de los enfermos y los familiares de los enfermos cuando cruzan el umbral acristalado de las puertas del descomunal hospital, el enfermo es arrebatado, hurtado a sus familiares, y éstos son inmediatamente interrogados en tono de inspección fiscal, de sospecha de fraude fiscal, como poco.

Al cabo de unas horas, desaparecida mi madre tras la puerta prohibida, una atronadora voz nos reclama a sus familiares por los altavoces en la sala de espera, y al fin franqueamos la puerta prohibida y accedemos a una gran sala donde se acomoda a los enfermos que han ingresado en el hospital por la puerta de urgencias. Ahí, rodeada de innumerables camas ocupadas por otros enfermos, está mi madre, siempre un poco sonriente, feliz al vernos. Su sonrisa tiene también un aire de disculpa por todas las molestias que está causando. Pero, por encima de todo, está asustada, ya metida en la cama y vestida con el camisón de algodón azul pálido del hospital, a la espera de que le encuentren un lugar en una de las habitaciones. Estamos un rato con ella. La consolamos como podemos. Salimos de la sala, a la que ahora entran los familiares de otro enfermo, y tenemos una rápida entrevista con el médico de urgencias, que nos lo explica todo muy deprisa, con verdadera urgencia, que nos hace firmar un papel que no nos da tiempo de leer. Nos dice que la firma es un mero trámite, pero sospechamos que le estamos dando permiso para hacer todo lo que quiera, que estamos poniendo en venta el alma de mi madre –además del cuerpo, claro está.

Así he abandonado más de una vez el hospital, llena de tristeza y abatimiento, con esa pregunta persistente, hiriente, en la cabeza: ¿Qué sentirá mi madre, en la sala B, donde, como tantos otros enfermos que han sido ingresados por la puerta de urgencias y para los que no se dispone aún de habitación, pasará la noche?

He regresado a casa una y otra vez, año tras año, con esa gran duda dentro de mí, con una profunda sensación de ignorancia y descontrol en mi interior. Las explicaciones de los médicos, las atenciones de las enfermeras, que tienen que habérselas con tantos pacientes y tantos familares, siempre fueron sucintas, tajantes, no fueron explicaciones ni atenciones, sino órdenes, y habría sido un grave desacato, una insolencia, mirarles con desconfianza, desobedecerles, pedir que me dijeran más de lo que me estaban diciendo. Una vez dentro del hospital, los enfermos son como niños en un reformatorio, no importa su edad ni su carácter. Éste es el aire inconfundible que se respira nada más cruzar el umbral del hospital.

A veces, como un milagro, sucede algo de lo que queremos. De repente viene el médico y está un rato frente a la cama de mi madre y le da ánimos y se ríen los dos como viejos amigos. O la enfermera sube el embozo de la sábana de mi madre mientras le dice que es la princesa del hospital. O vienen los celadores para levantarla de la butaca y devolverla a la cama y, aunque uno de ellos viene muy malhumorado, al ver la expresión de susto y emoción en la cara de mi madre mientras está suspendida en el aire –la cara que pondría una niña en la montaña rusa–, bromea con ella y la deposita mágicamente sobre la cama, con un insospechado gesto de afecto.

Y me digo que es verdad, que a mi madre, en ese momento en el que ha estado en el aire, sostenida por los brazos firmes de los celadores, le ha sucedido algo.

He conocido a gente estupenda, decía mi madre muchas veces refiriéndose tanto a las enfermas con quienes compartía la habitación como a sus familiares y a las enfermeras que en diferentes turnos la habían atendido, unas más amables que otras, desde luego. ¿Qué podemos hacer con las enfermeras?, nos preguntaba, porque estaba agradecida y quería regalarles algo, pero eran tantas que no sabía qué hacer, no quería dejar a ninguna sin regalo, ni siquiera a las antipáticas, que finalmente tampoco eran tan antipáticas...

Quizá nos haya sucedido por fin algo, como decía Giacometti, al ser atropellados por un coche, al encontrarnos en la sala comunal de un hospital público, porque es verdad que en esos momentos de tensión se siente con más fuerza el latido de la vida, y enfermos y solos como estamos, o como sabemos que está nuestra madre, queremos vivir, queremos que viva. Y, a la vez, no podemos dejar de preguntarnos, llevándole la contraria a mi admirado Giacometti, ¿es esto algo?, ¿es esto lo más interesante que nos ha sucedido? Porque sabemos que no es verdad; no podemos calificar de interesante un atropello, una caída, el dolor, el miedo. Lo interesante viene luego, lo interesante estaba allí, agazapado, esperando el momento de salir a la superficie, y quizás se perciba con toda intensidad en la habitación comunal de un hospital público cuando el enfermo muestra su vida a los otros y sabe, intuye entonces, mientras asiste a la enfermedad y a la vida de los otros, que la suya, como la de cualquiera, es una vida interesante.

Al rememorar hoy las estancias en el hospital que mi madre, lejos ya de este mundo desde el 26 de enero de 1999, ha tenido que pasar, y, con ella, nosotros, sus familiares más cercanos, al rememorar las bolsas cargadas de pequeñas almohadas y de toallas que yo le llevaba a la caída de la tarde cuando me dirigía a pasar la noche con ella, o ese momento, al inicio de la mañana, cuando me iba del hospital y la dejaba, aún dormida, o medio dormida y exhausta si había pasado una mala noche, a la espera de otro guardián familiar de su reclusión, la soledad de mi madre en sus días de hospital aún me causa pena y algo de horror.

Ya no puede volver a ellos. Me pregunto si también por eso, por no volver a un hospital, dejó de luchar para sobrevivir, para malvivir ya, dejó de luchar para vivir en el mundo de los enfermos sin remedio, del dolor sin remedio.

Por ella y por nosotros. Cada vez que mi madre era ingresada en el hospital nos sentíamos todos más desmoronados, cada vez más invadidos por la angustia. Recordando ahora todos aquellos ingresos, creo que, más que sentir la proximidad de su muerte, era el abandono, el dejarla sola allí, lo que me dolía, lo que por las noches me impedía dormir.

¿Cómo podía ser que el hospital fuera exactamente el mismo después de un año?, me he preguntado una y otra vez, ¿cómo es que teníamos que volver a él, recurrir a él? El tiempo había pasado, pero no se había llevado consigo el enorme hospital, no lo había sustituido por una casa alegre rodeada de un alegre jardín, el tiempo no había traído una habitación donde mi madre pudiera estar sola con nosotros, una habitación alegre. Una casa en la que todos hubiéramos podido estar sin sentir tanta angustia, sin palpar tantas angustias ajenas. El tiempo del hospital era siempre el mismo, un tiempo estancado, repetido.

Otra vez aquí, Dios mío, me decía, otra vez recorriendo pasillos interminables en busca de un número, otra vez la incertidumbre cuando vienen los camilleros y se llevan a mi madre al quirófano o a otra planta para hacerle no sé qué pruebas, el rato inacabable de la espera, el dolor de cabeza, otra vez todos, los pocos que somos en esta familia, ahí, mirando por las ventanas de cristal impregnado de un polvo que ya no se irá nunca, el polvo de los años, mirando hacia los patios inmensos del hospital, hacia la calle, hacia la sierra de Madrid, esperando, deseando que vuelvan los camilleros y nos devuelvan a mi madre. Queremos buenas noticias y volver a casa cuanto antes, sacarla del hospital, abandonar todos el hospital. Ésa era mi obsesión en cada ingreso de mi madre: sacarla cuanto antes de allí. El hospital se le caía encima, el dolor de los otros enfermos se sumaba al suyo. El hospital la fue socavando.

Me enseñaron muchas cosas aquellos días y noches de hospital, me enseñaron que todas las vidas merecen dignidad, que todas las enfermedades merecen ser tratadas con delicadeza, me enseñaron que los hospitales, aunque a veces se cuelen entre las rendijas de sus puertas y ventanas pequeños rayos de luz, no son el lugar donde los seres humanos que sufren, aunque tengan que ser recluidos en ellos para ser operados o tratados de sus males, encuentran esa paz, cercana a la felicidad, que debería envolver a los enfermos irreversiblemente abocados a la muerte. Me enseñaron que no sabemos morir, que tratamos a los enfermos como a personajes incómodos, infantilizados, recluidos, marginados. Me dijeron que quizá deba pasar el resto de mi vida con la muerte de mi madre dentro de mí, esa muerte que dio fin a una vida interesante, como toda vida, y hacer que, dentro de mí, también su muerte alcance esplendor, porque es parte de su vida y ya de la mía.

EL MES DE LAS FLORES AMARILLAS

El día tres del próximo febrero será mi cumpleaños, mi tercer cumpleaños sin mi madre, sin que ella me llame al punto de la mañana para felicitarme y hacerme la crónica de mi venida al mundo. Año tras año, la misma crónica, la misma voz de mi madre cargada de ilusión rememorando el momento en que me pusieron en su regazo.

Vienen a mi cabeza, como siempre que pienso en mi cumpleaños, las palabras de Ungaretti: «La mimosa, con su menudo florecer, irrumpe amarilla.» Desde que las leí, desde que pude decir que febrero, como dijo Ungaretti, es el mes de las flores amarillas, me sentí acompañada por las mimosas y miro los árboles de la vecindad a la espera de la irrupción de la diminuta flor amarilla. Entre otras cosas, eso me dio Ungaretti para siempre, me hizo mirar las mimosas, descubrir en el campo el color intensamente amarillo de las flores diminutas, las pequeñas bolas aterciopeladas, explosivamente alegres. Las manchas amarillas que, al florecer las mimosas, se descubren en el paisaje, entre los árboles sin hojas y el verde oscuro de las hojas perennes, son estallidos de alegría. Así lo he visto desde entonces, desde que me encontré con Ungaretti, a la edad en la que se producen los grandes, intensos y definitivos encuentros con los poetas, en plena juventud. «La razón está siempre con la juventud», escribió otro gran poeta, el brasileño Carlos Drumond de Andrade, y creo que en realidad se refería a la razón poética, la verdadera razón.

En algunas esquinas de Madrid, hay puestos de flores. Alrededor de los días de mi cumpleaños, en algunos puestos ya tienen mimosas. Lleno todos los jarrones que tengo –siempre pocos, siempre pequeños– y la casa huele a mimosa, un olor dulce que no empalaga, un olor que perdura. Todo el mes de febrero mi casa huele a mimosa.

En mi infancia, febrero era el mes más frío del año, el mes de la nieve y el viento y un sol cegador que no calienta. Febrero, ventolero, he oído decir mil veces. De manera que, antes de saber que el mes de febrero estaba tan cargado de poesía, y de color tan alegre, me parecía un mes helador y creo que habría preferido venir al mundo en un mes más cálido.

Durante los catorce años que viví en Zaragoza, si el día de mi cumpleaños caía entre semana, mi madre me venía a recoger al colegio a mediodía para luego ir a la capilla de San Blas, santo protector de los enfermos que padecen de la garganta, y, por tanto, protector mío, con toda aquella sucesión de infecciones de garganta que padecí. San Blas me tenía que proteger por partida doble; yo había nacido en su día y yo era, además, una de esas enfermas a quienes él estaba especialmente encargado de proteger.

De todos esos mediodías de invierno del día de San Blas, se me ha quedado grabado en la cabeza uno particularmente helado. Nevaba; eran copos finos que se clavaban como agujas en la piel, empujados de aquí allá por la ventisca. Era tal el remolino que formaban esos copos de nieve, y la nieve caía en tanta abundancia, que apenas podíamos ver. Al salir de la iglesia, anduvimos a ciegas sin encontrar a nuestro alrededor ningún punto de referencia.

Los puestos de los roscones y las rosquillas, que se montaban alrededor de la plaza, habían desaparecido, bien por la cautela de sus dueños, que se habían apresurado a desmontarlos, o por la fuerza de la ventisca. Nos quedamos sin rosquillas, aunque eso en aquel momento no nos preocupó. No había tranvías, decían voces de alarma a nuestro alrededor. Ni taxis, desde luego. No recuerdo haber subido a un taxi en toda mi infancia, como si no hubieran existido. No teníamos más remedio que volver a casa andando, yo de la mano de mi madre, ella guiándose no sé cómo, quizá tocando los muros de las casas. Yo llevaba puesto el pesado uniforme del colegio de lana azul marino, y la chaqueta de punto y el abrigo de paño, guantes de lana, pasamontañas y bufanda, azul marino todo, y tenía la sensación de que los diminutos copos de nieve se me metían por dentro, se colaban por todas las rendijas de la lana y empapaban el paño del abrigo.

Pero quizá yo no tendría este recuerdo grabado para siempre en la cabeza si mi madre, cada mañana del día de San Blas, bastantes años después de aquella ventisca, no me hubiera llamado para felicitarme y rememorar qué sintió ella al verme cuando me pusieron en su regazo por primera vez. Revivía aquella alegría y luego me hablaba de San Blas, me describía con todo detalle aquel dificultoso regreso a casa. No sé qué la empujaba, año tras año, a reproducir ese recuerdo, como si en lugar de haber sido un trayecto molestísimo hubiera sido esplendoroso, uno de los mejores recuerdos de su vida. Me lo pregunto ahora, sabiendo que el próximo tres de febrero transcurrirá sin recibir la llamada telefónica de mi madre, sabiendo que tampoco la recibiré en años sucesivos, que todas esas evocaciones las tendré que hacer yo por mi cuenta. Me digo ahora que, probablemente, cuando mi madre murió, una semana antes de mi cumpleaños, ya habrían florecido las mimosas en algún lugar.

Tengo la impresión de que aquel regreso a casa que mi madre me describía año tras año se le quedó grabado en la memoria porque supuso para ella una especie de acto heroico. Me guió por las calles de Zaragoza, que apenas se divisaban, me llevó a casa sana y salva, aunque las dos, naturalmente, empapadas. Me llevó, en fin, a San Blas, a pesar de la ventisca, y eso era algo importantísimo, porque yo necesitaba a mi santo protector y ella era la encargada de llevarme hasta él.

Y si me hacía, cada mañana de San Blas, la crónica de aquel regreso a casa, era quizá para decirme y para decirse a sí misma que el esfuerzo había merecido la pena, y que tal vez mi vida habría sido muy distinta de no haberme llevado ella a San Blas todos los años, incluso aquél, precisamente aquel día tan intempestivo.

Nieve, viento, frío. Eso me transmitía mi madre, pero su tono era muy animoso. La felicitación de mi madre era alegre. Parecía disfrutar mucho más que yo el día de mi cumpleaños. Sólo ahora, después de su muerte, me doy cuenta de que a mí me sucede lo mismo con los cumpleaños de mis hijos. De forma involuntaria, los recuerdos de sus nacimientos acuden a mi cabeza cada vez que cumplen años, y me siento contenta, seguramente por el mero hecho de poder felicitarles, porque están vivos. No sé si les doy, como mi madre me daba a mí, los detalles que rodearon su llegada al mundo, pero estoy por pensar que sí, que en el día de su cumpleaños les cuento siempre a mis hijos cuándo, dónde y cómo nacieron, qué sentí al verles. Y me parece que, mientras les hago estos relatos, yo soy más feliz que ellos. Veintiocho años. Veintitrés años. Están impresionados. El tiempo pasa. No hay que preocuparse, digo. Hay que celebrarlo.

Otra vez veo que me comporto como mi madre, que tanto disfrutaba con las celebraciones. Nos miraba como si fuésemos un milagro, una aparición maravillosa. Estábamos a su alrededor. Ella se llevaba a los labios la copa de vino, la única bebida que se le permitió hasta el final. Ella, que había sido adicta fumadora y buena bebedora de alcoholes fuertes –el vermut rojo antes de comer, la ginebra a la caída de la tarde–, dejó, ante mi asombro, de fumar cuando el médico se lo prohibió tajantemente, y, a partir de otro momento heroico y de otra prescripción médica, dejó el vermut y la ginebra y mantuvo, eso sí, el vino tinto. Por el vino luchó. Les dijo siempre a todos los médicos: No voy a dejar el vino, no puedo comer sin vino.

Nunca pensé, adicta como era al tabaco y tan buena bebedora, que mi madre fuera capaz de dejar de fumar y de beber ginebra –lo que más le gustaba– de un plumazo. Nunca hubiera imaginado que fuera dueña de una voluntad tan férrea.

En las reuniones familiares, todos estábamos pendientes de que su copa de vino estuviera siempre llena. De lo contrario, protestaba. Si había, al final, champán o cava, ella lo rechazaba con un gesto despectivo. Brindó siempre con vino tinto. Tinto. El blanco no le gustaba nada. Cuando venían mis padres a vernos a Galicia, huéspedes de nuestras casas alquiladas, de hoteles, de, al fin, una casa propia, y salíamos a tomar algo, rechazaba, tajante, el albariño. Jamás quiso probarlo. El camarero insistía, pero era una batalla perdida. Yo la observaba, admirada. Si mi madre tiene un principio, es éste, me decía yo. Nunca beber otra cosa que vino tinto. Por supuesto, también odiaba el agua. ¿Una botella de agua?, preguntaba el camarero. No, decía, rotunda, casi enfadada, ofendida, mi madre.

Pero los médicos le recomendaban que bebiera agua, y en los últimos años siempre tenía sobre la mesa camilla un vaso de agua. Lo bebía a sorbos cuando se lo recordábamos, cuando se lo pedíamos. No puedo por menos que pensar en los labios resecos de mi madre, ya postrada en la cama, poco antes de morir. Te voy a dar un poco de agua, decía yo, y le acercaba el vaso, sostenía su cabeza con mi mano. Su nuca cabía en el hueco de mi mano. ¿No quieres más?, insistía yo. Negaba con un débil pero terminante gesto de cabeza. Nunca quería más agua.

Ojalá yo hubiera podido ser consciente del último sorbo de agua que le di a beber. Supongo que el saberlo no me habría ayudado. Quizá sea mejor que la muerte ocurra así, que nos coja un poco por sorpresa. Sin embargo, algo me dice que, por el contrario, ella sí lo sabía. Veo sus manos sobre el embozo de la cama. Son unas manos que no pueden estarse quietas. Cuando mueve levemente la cabeza hacia los lados, las manos se mueven también, trazan círculos, hacen señas que nadie entiende. Rechaza el agua, rechaza la vida. Nos quiere, ha sido muy feliz entre nosotros, pero es la hora de marcharse.

No me di cuenta. No supe, cuando ella movió las

manos ante mis ojos antes de que la besara y le dijera adiós, que al día siguiente yo no encontraría fuerzas para ir a verla y que al otro moriría poco antes de que yo llegase. Pasé la tarde del domingo a su lado y llegué a casa exhausta. Aquella tarde, como los días que la precedieron, no dejó ni un momento de hablar, y yo, para tratar de entender lo que decía, estuve inclinada hacia ella todo el tiempo. Mi madre asentía, como si estuviera dando la razón a alguien, quizá se la daba a sí misma. Abría los ojos, yo también asentía, dándole la razón. Eso pienso de repente. Todo aquel discurso que salía de sus labios resecos era sumamente razonable. Era la verdad. Mi madre hablaba y hablaba sin dejar de asentir. Sólo movió la cabeza hacia los lados para rechazar el agua. Y también cuando le dije adiós. Me sentía agotada. No sé si podré venir mañana, le dije. Movió la cabeza, movió las manos: No importa, decía, no vengas, tienes muchas cosas que hacer, quédate en casa. Me lo volvía a decir una vez más, aunque ahora las palabras no se pudieran entender, pero yo sabía que me estaba diciendo eso. Esa negación: No hace falta que vengas.

No fui.

Ella lo quiso así, me he dicho en el curso de estos meses, ella escogió morirse cuando yo no estaba a su lado; seguramente yo estaba nadando cuando ella se murió, o estaba comiendo, o acababa de cerrar los ojos para echar la siesta. Ella lo sabía cuando me pidió que no fuera a verla el lunes. Abandonaba el mundo.

No me necesitaba ya. Quería estar sola; era su vida, su muerte.

No sé el rato que podía llevar muerta cuando llegué. Una hora, media hora. Sus manos, ya inmóviles, estaban ocultas bajo el embozo de la sábana y quizá por eso aún guardaban un poco de calor. Nos movimos a su alrededor, aún dudábamos. Era un día de sol, el cuarto estaba lleno de luz. No sé si habría florecido alguna mimosa.

Pasé la tarde a solas con mi madre muerta. Sin comprender, sin admitir su muerte. Oscureció. Encendí las lámparas. Su luz triste nos envolvió a mi madre y a mí. No estuve a su lado cuando murió. En aquel momento no lo soporté, pero ahora creo que murió en paz. Y que quizá prefirió morir a solas, a su manera; una decisión perfectamente coherente con su carácter. Nos estuvo hablando, asintiendo con la cabeza, durante días. Nos dijo todo lo que nos tenía que decir. Comprendió todo lo que tenía que comprender. Se despidió con un gesto muy leve. Con la edad, sus abrazos se habían hecho más fuertes, nos retenía junto a ella, sus manos se aferraban a nuestros brazos, pero sus gestos de despedida siempre fueron leves, siempre una sonrisa agradecida, feliz.

Déjalo, no le des más vueltas, me dice mi madre. Estuviste a mi lado la tarde del domingo. Me diste la razón. Te di la razón. Sé que tenemos la razón. He hecho bien en vivir ochenta y dos años. Me gusta tu vida, todo lo que has hecho. No vengas mañana.

Febrero de 1999. Pasa una semana después de la muerte de mi madre y llega febrero, llega el día de mi cumpleaños. Pongo mimosas en los jarrones. La casa se llena del olor dulce de las mimosas. Ninguna llamada telefónica. Es el día de San Blas, pero los verdaderos días de San Blas están lejos. Me levanto como puedo, me visto, desayuno, escribo, voy a nadar. Mi madre ha muerto. La vida no se ha detenido. Las lágrimas no detienen la vida. Las mañanas son soleadas. Cada día que pasa me trae un sentimiento distinto, un recuerdo distinto, un dolor distinto. Lo he sabido siempre, incluso lo he llegado a decir: Cuando mi madre se muera, me vendré abajo. Lo decía, pero la idea era demasiado terrible y se iba como un relámpago. Llegó el momento en que lo supe de verdad. No comprendía cómo iba a vivir a partir de entonces. Me extrañaba profunda y dolorosamente la idea de que ella no fuera a estar ahí, al otro lado del hilo telefónico, sentada en su butaca a la espera de nuestras visitas. Quizá había imaginado que mi madre era eterna, que nunca se iba a morir.

Aquí estoy, sin embargo, día tras día, cada día con sus recuerdos y dolores distintos, cada día con palabras nuevas. No he dejado de escribir, tampoco he dejado de nadar. Y como, y bebo, y duermo. El tiempo pasa. Febrero del año 2000. Florecieron las mimosas, había ramos de mimosas en los puestos de flores. Dentro de unos meses viviré otro cumpleaños sin ella, sin su llamada telefónica. Pero el relato de lo que sintió al verme, recién nacida, en sus brazos, la crónica de aquel remoto día de San Blas en el que tuvimos que regresar a casa andando, luchando contra la ventisca, ese relato está dentro de mí.

EL DOCE DE OCTUBRE, ALGO QUE ESTRENAR

No sé cómo, pero de repente pienso en el verano. De camino hacia la piscina cubierta, invernal, me ha venido la imagen del verano, que aún está lejos. El verano de 1999 llevé una vida ambulante. No podía irme de Madrid. Casi todo el verano lo pasé aquí, en mi casa de Pozuelo. Descubrí que era mi verdadera casa, que no podía dejarla. Pero sabía que lo que de verdad me retenía aquí era la proximidad de la casa de mi madre. El piso vacío. No podía alejarme demasiado de él. Fui a Galicia a mitad de agosto y me quedé una semana. Volví a pasar otra semana en Galicia a principios de septiembre. Me dije que quizá no podría volver a Galicia nunca más. Me pregunté si, cada vez que llegara el verano, no me invadiría el sentimiento del primer verano sin mi madre, si nunca ya podría alejarme demasiado del piso donde ya no vivía mi madre.

Pero el verano de 1999 no fue en el fondo un mal verano. Mi casa estaba en obras. Hacíamos la vida en el cuarto de la entrada. Allí llevamos la nevera, los aparadores, el microondas. A mitad de agosto –hasta que el verano estuvo tan avanzado no se nos ocurrió– compramos un hornillo. Fregábamos los platos en un lavabo. Llevábamos la ropa a lavar a casa de mis cuñadas. Estábamos solos mi hijo mayor y yo. Diego tenía una especie de beca –miserable, desde luego– y trabajaba en la redacción de una revista, yo estaba en casa, iba a nadar al mediodía a la piscina de una de mis cuñadas. Iba con Moss, mi perro, que era feliz en el jardín de mis cuñados. Dejaba la comida más o menos preparada. Recibía a Diego con la mesa puesta, allí, justo a la entrada, nada más abrir la puerta. También escribía allí.

Las siestas eran largas. Cuando se iban los albañiles, fregaba la casa. Luego escribía. Me acostaba tarde, me levantaba pronto. Al atardecer regaba el jardín. Moss, mi perro, dormía conmigo. Moss estaba siempre conmigo. Al recordarlo, ese verano de 1999 no me parece un mal verano. Me compré un aparato portátil de música y muchos CDs. Música francomagrebí. La canción de Cheb Mami que irrumpe en una de las mejores escenas de la película *Los ladrones* de Techiné. Catherine Deneuve y un hombre desconocido al volante de un coche. No tienen nada que decirse. El hombre pone el radiocasete en funcionamiento. La voz de Cheb Mami. «Aléjala de mí.» En francés.

«Eloigné-la de moi.» Estoy en Madrid, en Pozuelo. Hace un calor sofocante. El francés es un idioma muy musical. La canción tiene un punto melancólico, pero la canta un rebelde. Es todo lo que pido: rebeldía. No ceder jamás. No abandonar jamás. Resistir.

Mi madre. Su casa está vacía. No puedo alejarme de ella. Tengo que estar aquí, cerca. El verano es lento y me gusta que sea lento. En cierto modo desearía que no se acabara nunca. Escribo febrilmente, escribo lo que me sale del alma. Un alma rota, perdida, desconcertada. Tengo que quedarme aquí y escribir todo esto. No esto, lo que ahora estoy releyendo y corrigiendo, sino lo que escribí el verano de 1999 y no quiero releer ahora. No quiero volver atrás. Nunca me ha gustado volver atrás. No he vuelto atrás en toda mi vida. Ni siquiera ahora. Es ella, mi madre, la que viene a mí.

Pero quizá ahora sí quiera volver atrás, ahora me lo puedo permitir, puedo hacer lo que me dé la gana, quiero volver atrás y buscar a mi madre, traerla hasta aquí, buscar a mi madre año tras año, desde que nací, en el amanecer del día de San Blas, hasta hoy. Tengo que saber lo que han sido estos cincuenta y tres años de mi vida, los años que tengo. Hasta los veintiún años, viví con ella. Recorrí con mi madre ciudades y casas. Barcelona, Valencia, Pamplona, Zaragoza, Madrid. Ése fue su recorrido y también el mío.

Los veranos le pertenecen. Los pasábamos en Pamplona, en casa de su madre, nuestra abuela.

En los veranos, mi madre recupera su vida de soltera, su juventud, su infancia. En los veranos, mi madre es una hija. La abuela, su madre, nos protege a todos. Organiza la casa. Es una mujer fuerte que camina muy derecha. Una mujer que siempre lleva una camiseta gris de algodón sobre el cuerpo. Encima se pone la enagua. Después, el traje. Su pecho es firme. Una mujer de largo pelo gris que ella se cepilla con energía y luego lo levanta y se hace en un segundo un moño que sujeta con un montón de horquillas que momentos antes descansaban a un lado del lavabo. Una mujer a quien le gusta llevarnos de la mano por la calle. Su mano envuelve la mía, su paso es ligero. Es mi abuela, pero es muy distinta de las otras abuelas. Es extraordinariamente joven. La llamábamos con el diminutivo, «abuelita», lo cual indica que nos parecía algo muy próximo, muy seguro. Siempre pensé que nos quería a nosotras, las hijas de mi madre, más que a ninguno de sus nietos. Siempre pensé que mi madre era su hija preferida. Venía a Zaragoza a pasar unos días durante el invierno. La casa cambiaba. Nunca se me ocurrió pensar que pasaba otros días del invierno en casa de sus otras hijas casadas, en Madrid o en San Sebastián. Nunca vi que mis otros primos pudieran competir con nosotras. Mi madre era la menor de sus hijas, la última de las hijas que se casó, la que vivió más tiempo en casa de sus padres, la preferida. Eso yo lo sentía de forma indiscutible. Mi madre y nosotras éramos las preferidas de la abuela.

La llegada del verano en Zaragoza significaba que pronto nos iríamos a Pamplona. Pienso ahora en el verano, no en el verano pasado ni en el verano que viene, sino en la palabra «verano». Está en el mismo apartado que la palabra «abuela», la palabra «madre», la palabra «Pamplona». Verano significa quietud, falta de normas, abandono.

No es extraño que el verano haya venido hoy a mi cabeza. Es domingo. El domingo también significa quietud, falta de normas, abandono. Quisiera no hacer nada. Quisiera no tener ninguna responsabilidad los domingos. Me despierto con esa sensación, la de que hoy es un día distinto, mucho más lento que los otros; haré lo que me venga en gana. Luego veo que hay que recoger un poco la casa, que hay que preparar la comida. Eso contradice lo anterior. Me desconcierta. Cae la tarde y el domingo se detiene. A las ocho, en la oscuridad invernal, vislumbro al fin la calma. La casa está desordenada. Sobre todo, la cocina, pero ya nada me obliga a luchar por mantener cierto orden. No me preocupa si queda algo de comida para cenar. Ahora sí, ahora detendría el tiempo. Estoy sentada en el extremo de un sofá en el cuarto de estar. Mis hijos, en la otra parte del cuarto, ven la televisión. Fútbol. Es la hora en que, entre semana, se producían, puntuales, casi implacables, las llamadas telefónicas de mi madre. La hora en que me preparo una copa. La hora en que, en el piso de mis padres, la noche triste del domingo caía sobre ellos y sobre mí el último año de la vida de mi madre. Una noche densa en una calle de Madrid a la que al fin salía yo, muerta de frío, sin poder llorar, sola en la calle en busca de mi coche que, por ser domingo, había podido aparcar cerca de la casa de mís padres. Volvía a casa con un trozo de vacío dentro de mí, un vacío oscuro y denso, un vacío invernal.

Los domingos de este último año han sido lentos, por eso ha vuelto la sensación de verano.

Y así como mi madre, en cada cumpleaños mío, no dejaba nunca de recordarme, como algo que surgiera por primera vez en su memoria, nuestras remotas peregrinaciones a San Blas, así yo, en medio de la tarde de domingo, pienso en la irrupción del calor en Zaragoza los últimos días del colegio. Y como mi madre me repetía un año tras otro esa crónica ya deformada del frío que pasábamos, la terrible ventisca, el largo trayecto en tranvía, la vuelta casi imposibe, el tranvía bloqueado, la ausencia de taxis, la larga caminata a través de la ciudad nevada, viene a mí, con la misma obstinación, el último día del colegio. Es una vivencia de los domingos por la tarde.

Al fin, ese día, el último del colegio, el día de los premios, ya no llevábamos el pesado uniforme de lana azul marino, sino el blanco de piqué, cerrado hasta el cuello y de manga larga, desde luego. Aunque el cuello era almidonado, me parecía menos duro que el correspondiente al uniforme de lana azul, y el piqué era ligero. Con este uniforme blanco de los días excepcionales, salíamos del colegio antes de la hora de comer, nada más acabar la ceremonia de los premios, y la emoción que nos producía aquel acto tan solemne de la entrega de premios aún nos embargaba, porque allí, en público, se nos recompensaba o se nos ignoraba, y nuestro nombre era pronunciado muchas veces o ninguna vez... Llevábamos los libros y los cuadernos bajo el brazo y andábamos, alejándonos del enorme edificio del colegio, hacia nuestras casas, alrededor de nuestras madres, que ese día habían acudido puntuales a recogernos.

Nuestra familia paterna era muy numerosa y, antes de separarnos, se hacía una parada en los Helados Italianos, en el Paseo de la Independencia. Recuerdo bien a mi madre y a mis tías, sentadas alrededor de las pequeñas mesas redondas de mármol blanco mientras nosotras pedíamos los helados. Helado de limón, ése era mi helado. Aún siento el frío sabor ácido atravesándome la garganta. En ese sabor estaba, concentrado, el aroma de los días del verano que se iniciaban en ese momento hasta el día en que nos fuéramos a Pamplona, ahora comenzaban las mañanas y las tardes transcurridas en el destartalado Club de Tenis, alrededor de la bulliciosa piscina.

Y éstas son, me digo ahora, las verdaderas tardes de domingo, las tardes lentas, inacabables, en el Tenis, tardes bochornosas, aplastantes, iguales unas a otras, en aquel extraño recinto siempre pendiente de mejoras. En ellas, el tiempo estaba ausente, el tiempo daba vueltas nunca experimentadas, y se detenía junto a alguien que nos miraba, lejano, misterioso.

Lo sorprendente de aquellas tardes en el Tenis es que pertenecen a Zaragoza, la ciudad de los inviernos, del colegio, de los deberes, los premios, las enfermedades... Lo sorprendente es esa súbita transición, sin que el escenario cambie. Ha caído el calor. Toda sensación de frío ha sido olvidada, parece inconcebible. No se han hecho todavía muchos planes, no se han contraído compromisos, todo lo que se sabe es que la rutina invernal está ya lejos. La mano se tiende con indolencia como para tocar el aire, y se oyen voces remotas en remotos jardines, el ladrido de un perro, el caer del agua de la manguera sobre la grava, el chapuzón de alguien que no vemos en una piscina que imaginamos, y se respira ese olor, el del polvo repentinamente mojado, el cloro, la hierba húmeda, un aroma silvestre, elemental, que sale del corazón de la tierra.

Me invade cierta inquietud si pienso que el verano llegará de nuevo dentro de unos meses y no sabré qué hacer. No hay planes elaborados para mí, soy yo quien los tiene que hacer. Yo, que no haría ningún plan. Yo, que a estas horas acepto ya perfectamente el desorden de la casa y el caos que reina en mi cabeza y ya en lo único que pienso es en levantarme para prepararme un dry martini. Ha pasado ya la hora en que mi madre solía llamarme si yo no había ido a verla. Oigo su voz. Hija mía, dice. La oigo con toda claridad. Pronuncia cada cierto tiempo estas dos palabras, hija mía, las necesita para apoyarse en ellas, respirar, seguir hablando.

¿Se puede pensar en el verano sin hacer planes? Evocar sólo los olores, el calor, la ropa ligera, la calma, el abandono. Coger del verano los mejores frutos, dejar de pensar. Mi cuerpo está impregnado de olor a cloro. La ducha después de nadar no se lo lleva. Me gusta el olor a cloro, un olor de verano que tengo en la piel todos los días del invierno en los que nada me impide ir a nadar. Éste es el vínculo que tengo siempre con el verano: la piscina.

No sólo me siento feliz mientras nado, sino al ver y saludar a los otros nadadores. Son los mejores amigos que tengo. Acuden a la piscina por las mismas razones que yo: necesitan nadar. Si se pasan unos días sin nadar, se encuentran mal. Nadamos porque nuestros cuerpos nos lo piden. Así nos hemos ido convirtiendo en nadadores, yo diría que en buenos nadadores. Aguantamos, hemos aprendido a respirar. Pero cada día aprendemos una cosa más, cada día nadamos mejor, respiramos mejor, cogemos más ritmo. En general, somos nadadores suaves. Lo que buscamos es sentirnos bien en el agua, deslizarnos. Algunos nadan más fuerte y alguna vez, nosotros, los nadadores suaves, sentimos la tentación de acelerar el ritmo. Es cuestión de sacar más aire, de empujar el aire con el diafragma cada vez que el brazo se levanta y cae luego sobre el agua. Entonces sí, casi parecemos nadadores de competición. Una emoción infantil recorre mi cuerpo.

No sólo es el placer de nadar, sino el de nadar deprisa, el de llegar al otro extremo de la piscina en primer lugar. Ganar.

Los premios obtenidos en el colegio me emocionaban, pero a la vez me avergonzaban. No quería destacar, no quería ser la mejor, no quería suscitar ninguna envidia. Tenía muchas primas en el colegio, comíamos todas en la misma mesa del refectorio. No quería que ellas pensaran que yo las quería vencer en algo, que podía ser superior en alguna cosa. De mis premios apenas se hablaba. Yo bajaba los ojos. Mi madre hacía lo mismo. Nunca presumía de nuestros premios. Estaba allí, entre las tías, hermanas y primas de mi padre, en una ciudad que no era la suya. No había que presumir de nada. Sin embargo, aunque no presumía de los premios que obteníamos en el colegio, sí se permitía algo: disfrutaba con la costurera ideando nuestros vestidos. Eso sí lo proclamaba con orgullo. Todo el mundo decía que sus hijas llamaban la atención. Suspiraba con satisfacción. Era el sello del norte, lo que la distinguía de todas las otras madres de Zaragoza, sobre todo, de las hermanas y primas de mi padre. Ella había nacido en Pamplona. Tenía el canon del buen gusto. Pensaba mucho en cómo serían nuestros trajes, una pinza aquí, otra allá, el lazo a este lado, la cinta rosa, la tira bordada de este tamaño, las camisetas de perlé, los abrigos blancos de piqué con los botones de nácar... Salíamos a la calle con esa seguridad. Nos miraban.

No sé cómo se las pudo arreglar mi madre para que fuéramos tan bien vestidas si con el sueldo de mi padre apenas llegábamos a fin de mes. Lo oíamos, eran rumores constantes: no pagaban a mi padre con puntualidad, quizá tuviéramos que emigrar, se habló de Chile. Finalmente, nos trasladamos a Madrid.

La ropa. Nuestra ropa. Eso fue lo que se permitió mi madre. Hasta el último día de su vida, cuando me veía aparecer en su casa, en su cuarto, me miraba complacida, orgullosa. Me vestía para ella. Eres como yo, decía. No se refería a que a ella le gustara vestir –le gustaba, pero se pensaba mucho las cosas; no era gastadora, estaba acostumbrada a toda una vida de ahorro–, sino a que nuestros gustos coincidían. Le gustaba todo lo que yo me ponía cuando iba a verla, se fijaba en todo. ¿Es nuevo?, preguntaba. Y lo que más le gustaba era que algo de lo que yo llevara puesto fuera el resultado de un arreglo que yo misma hubiera hecho. Eres como yo, decía, satisfecha. Porque ella, ya en Madrid, ya sin costurera, nos hizo multitud de arreglos. Siempre sostuvo que era mala costurera, que sus puntadas eran demasiado grandes, que a veces se producía un frunce que no tenía remedio, y creía que yo cosía mejor que ella. Miraba mis arreglos con admiración. Cuánto vales, hija mía. Ese elogio sí se lo permitió. Era un elogio que encajaba dentro de lo poco que se había permitido: presumir de lo bien que íbamos vestidas de pequeñas. Todo hecho en casa, todo pensado mil veces, aprovechando no se sabe qué telas ni qué cintas ni qué tiras bordadas.

Se me reproducen en la memoria todos esos vestidos que entre mi madre y Nati, la costurera, nos hicieron cuando éramos pequeñas y que he mirado luego muchas veces en las fotografías de nuestra infancia, esos trajes confeccionados en el cuarto de jugar, confeccionados por Nati, bajo la supervisión y ayuda de mi madre, cosidos en la máquina de coser Singer, que aún funciona. El hecho de que la máquina de coser estuviera en el cuarto de jugar tenía sus peligros. La máquina tenía una tapa, y supongo que debíamos de tener prohibido abrirla porque nunca lo hicimos. Quizá ni siquiera llegó a formularse esa prohibición. La aguja que subía y bajaba cosiendo las telas al ritmo del pedaleo de Nati o de mi madre me producía horror.

Una de mis pesadillas más recurrentes durante largo tiempo tenía que ver con unos alfileres que se iban clavando en una serie de casillas, una especie de cinta métrica sin los números marcados. El horror se producía cuando, en el sueño, la máquina se estropeaba, la cinta no corría y los alfileres se clavaban en la misma casilla, en desorden, y luego, la casilla ya saturada de alfileres, caían al suelo. Me despertaba con un sobresalto, llena de angustia. Yo misma no entendía por qué ese sueño me producía tanto horror. Lo curioso es que me fascinaba la forma en que mi madre y Nati manejaban la máquina de coser, cómo trasladaban el hilo del carrete a las canillas, cómo encajaban cada canilla en el lugar correspondiente. El hilo hacía un largo y complicado recorrido hasta llegar a la aguja. Ése es el origen de mi pesadilla, lo veo ahora por primera vez, hasta este momento siempre que he evocado aquella pesadilla no entendía de dónde podía haber salido. Ahora comprendo que el origen del sueño se encuentra en la fascinación que me producía el complicado mecanismo de la máquina de coser, unido al horror que sentía por la aguja. Comprendo, en fin, que al otro lado de la fascinación estaba el miedo. ¿Cómo algo tan complicado funcionaba con tanta exactitud? Supongo que eso era lo que yo vigilaba llena de emoción, con un pánico interior que luego se convertiría en pesadilla nocturna. El perfecto funcionamiento de las cosas: eso era lo que no me podía creer. No podía confiar. ¿El mundo exterior?, ¿lo que no puedes controlar, lo que ni siquiera entiendes, y que, sin embargo, otros –otras: mi madre y Nati– manejan muy bien?, ¿algo que nunca harás, que te diferenciará de ellas, que las hará siempre superiores a ti? No es eso lo malo, me gusta que sean superiores, pero yo nunca sabré hacer lo que ellas hacen. No podré enhebrar el hilo en todas las agujas, no podré encajar las canillas en su lugar, nunca aprenderé a coser a máquina.

Finalmente, es así. Tengo una máquina de coser, una vieja Singer. La máquina estaba en esta casa de Pozuelo en la que vivo desde hace más de veinte años y, cuando compramos la casa, decidimos quedarnos con ella y algunos muebles más. Ha ido deambulando por la casa, sin encontrar nunca el lugar apropiado. Está, ahora, en un pasillo. Llamé a la casa Singer y un operario vino a engrasarla. La elogió mucho. Mis hijos eran pequeños y le dije que tenía pánico a que pudieran hacerse daño con ella. La bloqueó. No sé cómo. Sigue bloqueada. No la he utilizado nunca. Creo que, aunque hubiera podido desbloquearla –y lo he intentado, no sólo yo sino algunas personas más, pero todos hemos fracasado–, tampoco la habría utilizado. La idea de empujar la tela mientras la aguja sube y baja me estremece.

Soy una costurera que cose siempre a mano. Me gusta coser, arreglar cosas, reformar, subo y bajo dobladillos, remedio el agujero que deja la brasa de un cigarrillo en un jersey, me arriesgo un poco más de vez en cuando. Puedo hacer vestidos, echarpes, colchas, cortinas, bolsos... No me importa el tiempo que me lleve hacerlos. Me gusta pensar en el resultado, aunque, cuando me acerco al final, debo esforzarme para seguir. Esos finales me desilusionan un poco. En mi cabeza se veían mejor.

Pero si la máquina de coser instalada en el cuarto de jugar de Zaragoza me daba miedo, en cambio, coser a mano me tranquiliza. Tengo una pequeña cicatriz debajo de la rodilla derecha. En una pelea –no recuerdo contra quién– caí sobre la base de hierro forjado de la máquina de coser. Me hice un corte profundo. No son buenas mis relaciones con la máquina de coser.

Pero de la máquina de coser de mi madre salieron todos esos vestidos de los que ella se sentía tan orgullosa, vestidos que eran admirados y elogiados por la calle, vestidos que he contemplado mil veces en los álbumes de fotografías.

Y, si tengo que destacar uno, me quedo con un vestido de terciopelo marrón. En Zaragoza, el doce de octubre, además de ser el día del Pilar, era, también, el inicio del invierno, el día en que al fin se sacaba –o se había sacado el día anterior– la ropa de invierno de los armarios, de otros armarios, no sé cuáles, pero el caso era que ya no colgaban del armario de nuestro dormitorio los trajes de verano, sino la ropa invernal. Los vestidos de viella, las faldas escocesas, las chaquetas de lana.

El doce de octubre siempre se estrenaba algo, como si fuera el domingo de Ramos. Y recuerdo muy bien el vestido que estrené un año, un vestido de terciopelo marrón bajo el que asomaba, por el escote y los brazos, una blusa blanca de batista. El traje más bonito que he tenido en mi vida. Lo supe entonces y lo sé ahora, evocando la ilusión con la que salí a la calle, de la mano de mi madre, ese doce de octubre en dirección al Pilar.

Eso era lo más importante para mí cuando llegaban las fiestas del Pilar, estrenar algo, y algo invernal. Aquel terciopelo marrón del traje más bonito que he tenido en mi vida –cada vez lo veo con más claridad– resumía las ilusiones que se alzan ante un acontecimiento nuevo, una nueva estación. El otoño, preludio del invierno, se iniciaba el día del Pilar. Después de la misa, y después de haber besado el mármol rosado de la columna de la Virgen por detrás, cada vez más hundido de tantos besos acumulados, íbamos a la feria. Ni siquiera recuerdo bien dónde se montaba. Supongo que en el extremo del parque del Cabezo. Subíamos a la noria, nos sentábamos en las sillas que daban vueltas vertiginosas sujetas por cadenas de hierro que parecían, a pesar de ser bastante gruesas, algo frágiles, nos acomodábamos en la cabina del látigo, y mirábamos, como se mira al fruto prohibido, la pista de los autos de choque que, unos años más tarde, ya sin la vigilancia de mis padres, fue para mí una verdadera adicción.

Probábamos a tirar al blanco con el precario fusil, y jamás acerté. Llevábamos en la mano la nube coloreada del algodón en rama que, en cuanto lo tenías dentro de la boca, se deshacía.

El doce de octubre de 1999 fue el primer doce de octubre que pasé sin que mi madre estuviera aquí, en la tierra, sin que pudiera hablar con ella, sin poder comentar los recuerdos, que tan importantes eran en su vida. Si existe otra vida, y a veces pienso que sí, quisiera decirle algo muy pequeño y muy importante a la vez: que le agradezco aquel vestido de terciopelo marrón, que jamás he tenido otro vestido igual.

En esta tarde invernal de domingo en la que, camino de la piscina, me ha venido el recuerdo del verano, echo de menos no poder enseñarle a mi madre el nuevo orden que he establecido en los armarios, las telas que he ido almacenando, las cremalleras, los encajes, los botones, todo ese material que necesito en mi función de costurera aficionada. Me gustaría poder ver su mirada ilusionada fija en el armario, en los cajones llenos de telas. A ver, decía, mirando con asombro una falda, un bolso que yo me había hecho. Me gustaría escuchar sus palabras, plenas de orgullo, de complacencia: Eres como yo.

UN PISO VACÍO EN PAMPLONA

Mi madre, durante mi infancia, no era sólo mi madre. Era mi abuela, mi tío Pedro, mis tías, sus hermanas. Pamplona. El piso en el que la abuela vivía con el tío Pedro, soltero, eterno opositor a notarías, eterno seductor.

La abuela iba todos los días a misa. Recuerdo haber ido con ella, cogida de su mano, y el olor a tumba, no a incienso ni a cera, sino a tumba, que se respiraba en la iglesia de San Nicolás. De camino hacia la iglesia, pasábamos por delante de los bares que el tío Pedro frecuentaba. Yo me asomaba a ellos con la certeza de que eran prometedores territorios, aún prohibidos. Alguna vez entré en el Bearin, que estaba en la Plaza del Castillo y que hace unos años desapareció. En el Iruña, que sigue en su lugar, sí entré más de una vez, algo más tarde, cuando ya pasábamos el verano en el piso de la calle San Fermín y yo tenía permiso para llevar la vida desordenada de las fiestas. Después del encierro, que veíamos desde la casa de las tías Guerendiáin, las hermanas solteras de la abuela, en la esquina de la calle Estafeta, desayunábamos en la terraza del Iruña, para luego ir a dormir a casa. Esos desayunos aparecen en el recuerdo nimbados de un halo de sueño y de cansancio, de estar ya al borde de las fuerzas cuando el día, precisamente, se inicia.

El Niza era otro de los bares donde mi tío tomaba el aperitivo. También entré allí alguna vez y los amigos de mi tío se empeñaron, ante mi asombro y orgullo, en que me quedara un rato con ellos. Del Niza sólo queda –¡y menos mal!– la fachada. El interior, por desgracia, ha cambiado de rumbo. En esas brevísimas visitas al Bearin y al Niza, comprobé lo que en casa de la abuela era evidente: también allí mi tío era el centro. Un mito. Sus amigos le admiraban, las mujeres le lanzaban miradas intensas. Yo era su sobrina, ni más ni menos, y supe que eso me situaba, en aquel momento, en una posición de ventaja. Todos eran amables conmigo.

Una de las hermanas mayores de mi madre, la tía Sole, era mi madrina. Se casó muy joven y estaba muy unida a mi madre. Tenía una huerta a la orilla del Arga, al otro lado del puente de La Magdalena. Hace años, en una de mis visitas a Pamplona, me animé a hacer andando el recorrido hasta la huerta de mis tíos. Allí transcurrieron los veranos cuando los tíos hicieron la piscina, y los jardines de La Taconera, donde hasta entonces pasábamos el día, fueron dejados un poco de lado. Me parecía un camino muy largo, lleno de hitos. Pasar el Arga por la pasarela de madera era, quizá, alcanzar la mitad del camino.

El Arga. El río al que caí en uno de aquellos recorridos, el río que estuvo a punto de llevarme en la corriente. Ese recuerdo se me quedó grabado para siempre. Supe que la corriente me llevaba, que el agua me entraba por la nariz, por la boca, por los ojos. Yo miraba esa agua turbia y borrosa. Me iba a ahogar. En el mismo momento de comprender que me iba a ahogar, supe que yo era yo. Fue algo que me sorprendió tanto que, de haber podido hablar en esa situación, resultaría muy descriptivo decir que me quedé sin habla. Entonces alguien me agarró y me sacó del río. Inés. Ella cuidaba de mí y me salvó. Todo el mundo se asombró de su valentía. Supongo que mis padres le darían las gracias de todos los modos posibles. Pero a mí su acto heroico me pareció natural. Inés estaba siempre a mi lado. Era dulce y callada. Mi madre estaba lejos. Inés era la persona que nunca me fallaba, era parte de mí, no se trataba de que me fallase o no. Me asombró que todo el mundo se asombrase tanto de su heroicidad. Eso no sé si llegué a saberlo plenamente en aquel momento: el vínculo que une a veces a las personas. Al caerme en el Arga supe que yo era yo. Al ser rescatada por Inés y oír luego comentar su valor, quizá intuyese que no todo el mundo me quería hasta ese punto, el de tirarse al río para salvarme. Porque Inés se tiró al río y no sabía nadar. Fue el instinto de salvarme lo que la empujó. No pensó, me vio en el agua, se tiró y Dios sabe cómo, pero me sacó del río.

Miro ahora, mientras escribo estas líneas, una fotografía de mi madre, sentada en la terraza del Iruña, con gafas de sol, mirando de lado, muy lejos, con un pañuelo anudado a la altura del pecho, un pañuelo de seda color crema con los monumentos más famosos del mundo estampados en gris, bordeados de una franja rosa. No se recuesta en el respaldo de la butaca de mimbre del café. Un poco inclinada hacia adelante, se acoda, los brazos desnudos, en los brazos de mimbre del sillón. En su muñeca hay una pulsera. La foto es en blanco y negro, pero así como reconozco el pañuelo, reconozco la pulsera que engarza el reloj. Yo tengo ahora esa pulsera. La actitud de mi madre es desenfadada, no mira a la cámara, no mira a nadie, es como si el resto del mundo no existiera para ella. Sus ojos se cubren con gafas de sol, ¿es cierto que no mira nada, que el mundo no existe? Existe, lo sabe, quizá no quiera saber mucho más. Pienso en mi madre y en mis tías. Guapas y despeinadas, eso decían de ellas y ellas mismas se definían así. Mi madre está francamente despeinada en la terraza del café Iruña.

Me pregunto por qué me quedo imantada a esta fotografía, por qué me afecta tanto, como si en la fotografía estuviera, escondida, una clave que me permitiera conocer a mi madre mejor. He estado a punto de escribir «comprender» en lugar de «conocer». Siempre he creído comprender a mi madre, pero nunca he sabido hasta qué punto la conocía y ahora que su vida ha concluido tampoco sé hasta qué punto la he conocido.

Creo que siempre he mirado a mi madre así, como miro ahora esta fotografía. Siempre he tenido la sensación de que, cuando yo la miraba, tratando de conocerla, ella giraba un poco la cabeza. Mi madre siempre ha tenido gafas de sol. Recuerdo la sucesión de gafas que tuvo. El cristal, muy oscuro. He mirado siempre a mi madre, no sólo con la sensación de que era esencial para mí, sino de que, de algún modo, tenía que ayudarla. Hasta cierto punto, me hice responsable de su vida, de su felicidad. No sé en qué momento creí percibir que no era feliz. No me sentí culpable, sino triste, dolida. Algo había fallado y decidí estar siempre junto a ella.

No sé si alguna vez habría querido decírselo o, al menos, habría querido que ella lo supiera. No sé si sentí esa preocupación, si me llegó a preocupar que ella no supiera que yo estaba a su lado de forma incondicional. Creo que siempre di por sentado que ella lo sabía, que podía apoyarse en mí, contar conmigo, que nunca la dejaría.

Miro las fotografías de mi madre y pido al cielo, al universo, a un desconocido ángel protector, que me permita vivir con el recuerdo de la vida de mi madre sin pensar tanto en la parte de infelicidad que debió de vivir, sin que esa infelicidad me duela. Durante los meses que siguieron a su muerte, no pude dominar esa sensación. En todas las vidas hay zonas, tiempos de infelicidad. Lo he ido sabiendo a lo largo de los años. ¿Lo acepto?, ¿hay que aceptar la infelicidad? Simplemente, existe. En la vida hay dolor, frustración, límites. Se emprende un camino y de repente sobreviene el cansancio o la sensación de error. Se dejan muchas cosas a medias. Se finalizan otras en las que se han puesto muchos esfuerzos inútiles, defendemos causas que no nos importan nada, por pura obcecación, por razones confusas. Se pierden cosas valiosas. Nos las quitan o nosotros mismos las perdemos porque no fuimos conscientes, hasta perderlas, de su valor. ¿Se puede aceptar vivir con tanta pérdida y frustración? Si existen en toda vida, habrá que saber cómo vivir con ellas. Ponerlas en su sitio, no concederles tanta importancia. Junto a las pérdidas, está todo lo que hemos ganado y que normalmente no vemos. Eso pienso ahora de la vida de mi madre. Fue feliz en muchas ocasiones. Palpé su felicidad. Vivió ochenta y dos años. Los quiso vivir. Estuvieron llenos de sentido. Dejó de vivir cuando el sentido desapareció. No quiso molestar a nadie. Mientras yo nadaba, o comía, o dormía la siesta, cerró los ojos para siempre.

Días después de morir mi madre, mi hermana mayor, Ana, su hija Ainhoa, uno de mis hijos, Diego, y yo fuimos a Pamplona a recoger la casa de la calle San Fermín, la casa que las tías Guerendiáin le regalaron a mi madre después de que la abuela muriera.

Hacía frío, caía una lluvia fina. Nos alojamos en el Hotel Yoldi, el hotel de los toreros, cerca del piso que íbamos a vender, no muy lejos, tampoco, de la calle Chinchilla, del piso de la abuela. En la cafetería del hotel, a media tarde, me encontré con unas amigas de mi madre y de mis tías. Regresamos lentamente en tren, cinco interminables horas de tren. A todos nos dolía algo. Me dije que ya no volvería nunca a Pamplona.

Sin embargo, unos meses después, a las puertas del verano, volví. Por primera vez, me alojé en un hotel de la parte nueva de Pamplona. Era como si no estuviera en Pamplona. Pero estaba en Pamplona. Paseé por las calles del casco viejo. Me senté en el Iruña. He vuelto a Pamplona, me decía. Estoy en la Plaza del Castillo. No sé muy bien dónde estoy en realidad. Este momento de mi vida me ha sumido en un profundo desconcierto. Bebo cerveza. Llevo puestas las gafas de sol más oscuras que tengo.

Ya no hay en Pamplona un piso vacío que pertenezca a mi madre. Después de que ella muriera, el piso se vendió. Año tras año, llegado el mes de julio, mi madre hablaba de su piso, su herencia. Teníamos un piso vacío en la calle San Fermín, un piso desocupado mientras las calles estaban desbordadas por una multitud enloquecida que baila, corre, canta y bebe a la vez, una multitud que no duerme o parece no dormir nunca, aunque a veces se vea a alguien recostado en un banco o echado sobre el césped con los ojos cerrados y parezca más dormido que nadie, absolutamente entregado a un descanso que quizá sea breve y pasajero pero que da la sensación de ser profundísimo, puesto que el bullicio que reina a su alrededor no lo altera en absoluto.

Cuando la televisión mostraba las imágenes del encierro y yo volvía a ver las calles de Pamplona sacudidas por la conmoción de las fiestas, mi memoria recorría el piso vacío y en penumbra, sin duda poblado por aire enrarecido, el piso cerrado en septiembre, cuando se daba por terminado el veraneo, y lo llenaba de recuerdos, de extrañeza, porque lo pasado, lo vivido ya, se acerca más a los sueños que a la vida del presente. Veía las sombras que habitaban el piso durante el largo invierno y que se desvanecían cuando irrumpíamos en el piso vacío. Las ventanas se abrían, las bayetas se pasaban por la superficie de los muebles que, a causa del polvo de las estaciones, estaban blanquecinos; las escobas y las fregonas se deslizaban por los suelos. Los armarios se llenaban, las repisas del cuarto de baño, los anaqueles de la despensa, todo cobraba vida de repente, una vida incipiente y precaria, al principio muy desordenada, como desorientada, olvidada aún de los ritos de la casa de los veranos.

Allí, nada más llegar al piso de la calle San Fermín, me acordaba del piso de la abuela en la calle Chinchilla y de todos los veranos que habíamos pasado en él hasta su muerte, veranos de infancia, cuando las fiestas de San Fermín eran pasarse el día en las barracas, instaladas al final de los jardines de La Taconera, mareada por las atracciones y el bullicio de esa masa de gente que iba de un lado a otro, al final adicta a los autos de choque... Sacábamos un bono de diez juegos, nos lanzábamos con furia hacia el primer coche que se quedaba libre... Pero desde el piso de la calle San Fermín los sanfermines fueron sólo cenas y bailes y no dormir nunca, vivir sin dormir...

Mi madre decía siempre por esas fechas: Qué pena, tener el piso vacío en pleno centro de Pamplona y no aprovecharlo... Y las veces que mis hijos fueron a pasar allí los días de San Fermín, ella era la más permisiva, la que no quería saber cuántos amigos de mis hijos iban, aunque preguntaba sus nombres, porque creía o quería conocerlos a todos y nos dejaba asombrados con la memoria que tenía para esa clase de datos. Mi madre era, sin duda, quien más disfrutaba con la estancia de mis hijos y sus amigos en su piso de Pamplona.

¿No has visto el encierro?, me preguntaba al caer la tarde, alrededor de las ocho, cuando se producían sus cotidianas llamadas telefónicas. Levemente asombrada, año tras año, de que yo no hubiera visto el encierro por la televisión, me hacía la crónica. Si un toro se había quedado rezagado, si se había vuelto hacia atrás, si todo había transcurrido bien y velozmente, si había habido algún herido o, por desgracia, un muerto... Las fiestas de San Fermín nunca dejaron de ser para ella un acontecimiento. En las dos o tres ocasiones en las que mis hijos fueron y ocuparon –con sus amigos, como verdaderos okupas– el piso de mi madre, ella les pedía, a la vuelta, que le contaran todo lo que habían hecho. Se sentía feliz de que su piso hubiera sido habitado, utilizado. Y cuando un año alguien en la casa protestó por el jaleo que mi hijo Gustavo y sus amigos habían producido, mi madre se encogió de hombros. ¡Protestar en medio de las fiestas de San Fermín!, ¡vaya ocurrencia!

A mi madre, la posesión de ese piso le daba un sentimiento de vínculo con la vida, y creo ahora que el que fuese vendido nada más morir ella tiene sentido. Lo íbamos a vender de todos modos, para hacer frente a los gastos de su enfermedad. Habíamos ido al notario y ella había delegado en nosotras, sus hijas, los poderes. Cuando el notario la interrogó, nos miró a Clotilde, mi hermana pequeña, recién llegada de Washington, y a mí que, junto con nuestro padre, la acompañamos. Claro que sí, dijo, después de un ataque de tos. Le trajeron un vaso de agua. Mi madre asentía. Claro, mis hijas, musitó, todo es para ellas, mis hijas. Lo dijo con la voz ronca y en un tono muy bajo, pero lo dijo con orgullo, mirándonos, asintiendo con los ojos iluminados.

En la calle, a la puerta del notario, esperaba el taxi en el que mis padres y mi hermana pequeña habían ido al notario. Les ayudé a entrar, empujé la silla de ruedas de mi madre. Me quedé allí, detenida a un lado de la calzada, mientras el coche se alejaba. Tenía la boca terriblemente seca. Entré en un bar. Me encontré con un viejo amigo que vivía precisamente en la misma casa donde el notario tenía el piso. Estaba tomando un coñac. Pedí un vaso de agua, hablé largo rato con él. Cuando salí a la calle, ya era de noche, anduve hasta el aparcamiento subterráneo donde había dejado el coche. ¡Qué desolación! Era como si le hubiéramos arrancado a mi madre la única posesión que tenía, el piso de Pamplona del que se sentía tan orgullosa.

Pero el destino cambió las cosas. Unas semanas más tarde, mi madre murió, y aquellos poderes que nos había dado a sus hijas ya no servían. Heredamos el piso y luego lo vendimos. Creo que ella lo hubiera preferido así. Aquella visita al notario fue un acto completamente inútil. El ataque de tos de mi madre, su mirada perdida, y luego dulce y luminosa, cuando dijo: Sí, todo para mis hijas, lo que quieran mis hijas... Aquella salida a la calle tan aparatosa, el taxi especial para que pudiera entrar mi madre sentada en la silla de ruedas, el ascensor en el que apenas cabíamos, todo absurdo e inútil.

No sabíamos que iba morir en unos días. Mi hermana pequeña se volvió a Washington. ¿Cómo no lo supimos ver? Creo que aquella tarde mi madre ya lo había decidido. Pero era la única que lo sabía. Los demás nos movíamos a su alrededor, acuciados por la necesidad de vender el piso de Pamplona. Era angustioso que nos cediera a sus hijas la facultad de vender su piso. Mi hermana pequeña y yo sentíamos que había algo de engaño y de traición en aquella visita al notario. Cuando mi madre tosió, las dos nos levantamos para pedir un vaso de agua. Cuando mi madre nos miró, dándonos todo lo que tenía, callamos, no podíamos llorar. Estábamos en el despacho de un notario.

Mi madre nos dio, paso a paso, todas sus pertenencias. Nos legó lo que era. Aún me veo ahí, a un lado de la calle, mientras el taxi especial que, junto con mi padre y mi hermana pequeña, la devolvía a casa después de haber cumplido con un deber respecto a nosotras, sus hijas. Antes de que el coche arrancara, entré en el taxi y la besé. Sonreía. Me quedé en medio de la calle, muerta de frío, la boca seca. Lloré al llegar a casa. La escena en el despacho del notario parecía parte de una película. Tenía algo de terrible, algo de grotesco, algo de poético. La dulce sonrisa de mi madre después del ataque de tos que en un principio le impidió contestar al notario afirmativamente, es lo que queda. El resto no sirvió de nada. Ni lo terrible ni lo grotesco. Quizá ella lo sospechaba. Toda aquella movilización tan complicada no iba a servir de nada. Iba a morir y heredaríamos el piso. No hacía ninguna falta que ella delegara en nosotras. Pero se plegó al juego. Asintió. Era una tarde fría de color plomo. Hablé de estas emociones con el amigo que me encontré en la barra del bar donde entré para beber agua. La culpa, las madres, los muertos. Los vivos siempre traicionamos. Con esa amarga sensación dentro de mí anduve hasta el aparcamiento, cogí el coche y regresé a casa.

Esta misma mañana he hablado por teléfono con el amigo que aquella tarde sombría me encontré en el bar contiguo al despacho del notario. Le he dicho que iba a poner punto final a estas reflexiones. Todo ha cambiado, le he dicho, todo ha cambiado y posiblemente aún cambiará más, pero ya ha concluido una etapa. La amargura ha ido quedando atrás. Mi madre sonrió hasta el final. No puedo traicionarla.

Le he puesto un título a estas páginas, le he dicho. «Con mi madre.» Silencio absoluto al otro lado del auricular.

Me duele, ha dicho al fin mi amigo.

Es la verdad, le he contestado. He creído vivir siempre al lado de mi madre, con ella. Ahora que ella ya no está aquí, sigo viviendo con ella.

Después de otro silencio, mi amigo ha comentado largo rato el título. Me ha explicado el porqué de su conmoción. Me has situado ya dentro de lo que voy a leer, ha dicho. Pero no podía ser de otra manera.

Voy a vivir con ella, me digo en el silencio de esta fría tarde otoñal, voy a vivir con todo lo que tengo.

MADRID, LEGADO DE MI MADRE

Siempre tengo que echar mano de lápiz y papel para determinar el año en que mi familia se trasladó a vivir a Madrid. Fue en 1961 y yo tenía catorce años. Era septiembre. Mis padres se habían pasado el verano mirando pisos en Madrid, y finalmente se decidieron por el de la calle de Fernando el Católico, a unos pasos de la glorieta de Quevedo. El barrio de Chamberí es la parte de Madrid que me pertenece un poco. La calle de Fuencarral es la Gran Vía de mi barrio, aunque tenga otras calles también muy anchas, Bravo Murillo y Eloy Gonzalo, que parten de la glorieta de Quevedo, pero Fuencarral, que desemboca en la Gran Vía, participa ya del bullicio del centro. El tramo más mío es el que va de Quevedo a la glorieta de Bilbao. ¿Cuántas veces habré hecho ese recorrido, sola o acompañada, andando deprisa o despacio, feliz o preocupada por algo?

Desde aquel 1961 hasta este 2000 que ahora va a finalizar han transcurrido casi cuarenta años. Mis padres habían alquilado el piso, luego lo compraron. Mientras escribo estas líneas, me sorprende, al lado del dolor de la pérdida, que mi madre muriera en Madrid. Creo, de pronto, que este hecho me liga a Madrid para siempre. Hasta hoy, siempre he sentido que Madrid era una ciudad ajena, demasiado grande y caótica, con demasiados coches y semáforos y gente que se mueve muy deprisa. Pero después de la muerte de mi madre, cada vez que, desde Pozuelo, donde vivo, voy a Madrid, me ha invadido, al irme adentrando en la ciudad, una dolorosa melancolía. Ya no está mi madre en el piso de Fernando el Católico, esperándome como si mi visita fuera el mayor de los regalos.

Hace unos años, me esperaba para salir conmigo a la calle a hacer alguna compra. Me gustaba ir de tiendas con ella. Lo pasaba tan bien como yo. Creo, incluso, que ella se lo pasaba mejor que yo. Si en la tienda había una silla, se sentaba. Hablaba con las dependientas, y no sólo hablaba, sino que les preguntaba por sus vidas. Las miraba mucho, con ojos indagadores, sentía por la juventud verdadera curiosidad. Les preguntaba si tenían novio, si iban a casarse. Siempre les decía algo agradable: que tenían unos ojos muy bonitos, que le gustaba mucho su peinado, en cambio, ella, mi madre, tenía un pelo desastroso, decía, finísimo, imposible de peinar, y se llevaba una mano a la cabeza, como mostrándolo, para confirmar sus palabras... Lo que fuera. Ir con mi madre por las tiendas del barrio ha sido uno de los mejores planes de mi vida. Yo la iba a buscar hacia las once de la mañana y salíamos a la calle, ella apoyándose en mi brazo con mucha suavidad. Sólo ponía la mano, jamás todo el peso de su cuerpo sobre mi brazo. Le dije una vez: ¿Por qué eres tan vasca? Quería decirle que no se controlara tanto, que se apoyara en mí. Tuvimos una conversación telefónica en la que acabé llorando. No recuerdo bien lo que me dijo, pero me dolió y se lo reproché. Le dije eso: Eres demasiado vasca, eres de piedra. No dijo nada, no se defendió. Las dos colgamos el teléfono. Yo lloré. No sé lo que hizo ella.

No la vi llorar muchas veces. Lágrimas de mi madre: creo que sólo las vi una vez, en California, en Santa Bárbara, cuando vino a vernos con motivo del nacimiento de mi primer hijo. Lloró, aunque poco, sólo un par de lágrimas, en el cuarto de baño. Yo estaba embarazada. Le dije que no hacía falta que se quedara después de que naciera mi hijo –sabíamos que era chico–. Lloró. Se sentía impotente. Por un lado, quería quedarse, estar conmigo. Por otro, le horrorizaba el viaje de vuelta. Un avión –una avioneta– de Santa Bárbara a Los Ángeles. Otro avión de Los Ángeles a Nueva York. Y en Nueva York, recorrer pasillos estrechos y desconcertantes hasta dar con la terminal del vuelo a Madrid. Mi madre me miró con los ojos perdidos, perdida ya por todos los pasillos que tenía que recorrer. Lloró, le dije que no se preocupara por mí, que no hacía ninguna falta que se quedase, le dije que se fuera. Yo podía arreglármelas muy bien. Tener un hijo en Estados Unidos no era complicado. Todo el mundo te ayuda. Hay niños por todas partes. Lloró. No sé si la abracé. Creo que el viaje de regreso sola le daba tanto miedo que prefería irse con mi padre y mi hermana, aunque lo mejor de todo –las dos lo sabíamos– habría sido no tener miedo. Pero lo tenía. Estaba pasando un momento difícil. Había perdido a su hermana Sole, mi madrina. No sólo hablaban por teléfono. La tía Sole venía a casa muchas tardes. Cuando volvíamos del colegio, estaban las dos en el cuarto de estar. Se había hecho de noche, pero no habían encendido las luces. Esa penumbra indicaba que se hacían confidencias, que se quejaban, porque las confidencias tristes se hacen siempre en la penumbra. Se necesitaban la una a la otra para hablar a media voz de sus errores y sus penas.

Cuando me fui a Estados Unidos, todos sabíamos que la tía Sole se iba a morir. Fui a despedirla a su nueva casa de Madrid. Estaba en la cama. Me sonrió. Le esperaban meses de dolor. Mi madre fue testigo de ese dolor. Ahora mi madre, que había perdido a su hermana, lloraba en el cuarto de baño de mi casa de Santa Bárbara. Sólo dos lágrimas. Mucho desconcierto. No hace falta que te quedes, le dije, no hace ninguna falta.

Creo que fue un alivio para ella. A la vez, nunca

pude desprenderme de la sensación de que yo la estaba echando. Había hecho el equipaje para quedarse en mi casa durante todo un mes, y se volvió a Madrid con mi padre y mi hermana pequeña, Clotilde, que había venido con ellos.

Insistí mucho en que el regreso a Madrid desde Santa Bárbara, viajando sola, como tendría que viajar si se quedaba un mes con nosotros, estaba lleno de obstáculos. El aeropuerto de Nueva York era un laberinto, ella no sabía inglés. Ese viaje de regreso la asustaba, me lo dijo desde el primer día, pero todos le habíamos dicho que no era tan difícil, que siempre hay alguien que te orienta, y hay mucha gente que habla español en Nueva York, y, más que en ninguna otra parte de Nueva York, en el aeropuerto. Nos escuchaba con una expresión de miedo en el fondo de los ojos, pero asentía, como si tratara de convencerse a sí misma de que sería capaz de moverse por los interminables y desconcertantes pasillos de los aeropuertos. Mucha gente lo hacía. Incluso mujeres solas de su edad y aún mayores.

Esas dos lágrimas de mi madre siempre me pesaron. Atisbé su dolor, su desorientación, pero yo era una mujer que dentro de unos días iba a ser madre por primera vez. No podía dedicar mucha atención a mi madre o no supe hacerlo. La escena en el cuarto de baño de nuestro primer apartamento de Goleta, en una urbanización para los estudiantes casados, casas adosadas de alquileres bajos, a un par de kilómetros del mar, de la Universidad de Santa Bárbara, se me quedó clavada en la memoria. Ahora sé que fue en ese momento cuando me di cuenta del cambio trascendental que había ocurrido en la vida de mi madre. Más que un cambio, una revelación: la conciencia de sentirse terriblemente sola. Sola y derrotada. Estaba empequeñecida, triste. Lo veo ahora. Sé que me necesitaba. Necesitaba una ilusión, la de poder ayudar a su hija en el cuidado del primer hijo, su nieto. Esa ilusión, la de serme útil, la de acompañarme, la de acariciar al recién nacido, tenerlo en brazos, cambiarle los pañales... Toda esa ilusión se desvaneció. Lloró suavemente. Un par de lágrimas silenciosas, de impotencia.

Antes de su muerte, cuando la escena se reproducía en mi interior, yo lloraba. No suavemente, como ella, no con lágrimas silenciosas. Mi llanto es ruidoso y largo. Ojalá hubiera sido lo suficientemente fuerte como para cuidar de los dos, de Diego, que nació unas días después de aquella escena, y de mi madre, me he dicho muchas veces.

En el cuarto de baño de nuestro primer apartamento de California, le desbaraté la idea de la facilidad del regreso a Madrid. Ahora todo eran obstáculos. El miedo que residía en el fondo de sus ojos subió e invadió su mirada. Creo que fue entonces cuando lloró, cuando las dos lágrimas silenciosas resbalaron por su cara. ¡Cuánto me ha dolido la rememoración de esa escena! ¿Por qué me he empeñado en reproducirla tantas veces? Necesitaba encontrar una salida, algo que me aliviara de la carga de culpabilidad con la que tuve que vivir desde entonces.

De repente, lo veo, lo veo ahora mismo. Mi madre lloró y me parece que no la abracé y, si la abracé, es seguro que no lo hice como lo hubiera hecho en estos últimos años. Yo quería mucho a mi madre, pero no tanto como la quise luego. Eso es lo que veo, la clave que me permite comprender la escena y mirarme a mí misma con más benevolencia. Después de aquella escena, abracé a mi madre muchas veces. Pudo saber cuánto la quería. Quizá ella llegó a comprender que era mejor marcharse; no sabía inglés, nunca había aprendido a conducir, ¿cómo iba a desenvolverse en California? Quizá intuyera, también, que mi marido y yo queríamos estar solos. Creo que no lloró por marcharse de Santa Bárbara antes de lo previsto. Lloró por ella, por una sensación de derrota que residía en su interior y que yo había creído intuir desde muy pequeña. Me apoyé en esa intuición, basé mi vida sobre ella. Pero no sé si en aquel momento la abracé.

A los pocos días, nació Diego. Eso me consoló: mi hijo nació con unos días de adelanto sobre la fecha que el médico que me atendía había calculado, y mis padres y mi hermana pequeña aún estaban con nosotros. Conocieron a Diego nada más nacer. Al cabo de una semana, se fueron.

Mi madre, a lo largo de su vida, nunca hizo el menor comentario acerca de aquellos planes truncados. Siguió escribiéndome todos los días, pero nunca mencionó ese episodio. Me preguntaba por Diego, por todos nosotros, me contaba cosas del barrio. Cuando, tres años después, regresamos a Madrid, tampoco hicimos nunca referencia a ese plan que no se había llevado a cabo. El hecho real y verdadero de que mi madre viajó a California con la idea de quedarse un mes para ayudarme a cuidar de mi primer hijo y que regresó a España con mi padre y mi hermana pequeña, transcurrida una semana, no se mencionó jamás. Se borró. No sé si mi madre lo recordó alguna vez, pero es evidente que yo, aunque traté de sepultarlo en la memoria, no lo logré. Y si lo he rememorado tantas veces debe de ser para que no me duela tanto, para explicarme a mí misma la incapacidad que me invadió: no pude prestar toda mi atención a mi madre en ese momento de mi vida.

Me ha atormentado la insistencia con que le hablé a mi madre de los pasillos del aeropuerto de Nueva York, de la gente apresurada que te empuja, del equipaje que dejas ahí, en un rincón, sin saber si va a llegar a su destino, el caos. No hacía falta que yo la asustara mucho. Ya estaba asustada.

Fue así, me digo, vino a California para quedarse un mes, y yo le dije que se marchara. Lo más suavemente que pude, pero eso fue lo que le dije. Sea como fuere, mi madre se recuperó. Sacó fuerzas del fondo de sí misma y siguió adelante. Se entregó con entusiasmo a su papel de abuela. Logró ser el centro de la familia.

Años después del episodio del cuarto de baño, de aquellas dos lágrimas de mi madre, lloré yo cuando colgué el teléfono después de haber estado un rato hablando con ella y sintiéndome profundamente incomprendida, casi rechazada. No recuerdo bien lo que me dijo, pero fue algo que me hirió. Mientras lloraba, me dije que quizá ella se estaba defendiendo de algo, porque, aunque no recuerde las palabras que me hicieron llorar, sentí que había un fondo de reproche en ellas. Y lloré. Colgué el teléfono y me eché a llorar. No de forma silenciosa, sino a mi manera ruidosa e incontinente.

Mi madre no me vio ni me oyó llorar, pero lo supo. Supo que cuando colgué el teléfono no me sentía ofendida, sino dolida. Vino a casa el domingo por la mañana –ya andaba torpemente, arrastrándose sobre sus zapatos planos y, de todos modos, muy escogidos, le costaba mucho decidirse y escoger, no sólo los zapatos, cualquier cosa–, traía un ramo de flores en la mano. Lo llevaba ella misma en la mano. Se aferraba al ramo de flores como si fuera un bastón. Hija mía, dijo, perdóname.

Perdóname.

De manera que lo sabe, me dije, se ha enterado de todo: sabe que lloré.

Por aquel entonces, ya no salíamos juntas a la calle, ella apoyada en mi brazo. Venía a nuestra casa de Pozuelo los domingos por la mañana y, cuando yo iba a verla al piso de Fernando el Católico, le anunciaba mi visita y me esperaba, sentada en su sillón, como si fuera un gran acontecimiento. Quería verme y hablar conmigo. Me recibía con los ojos iluminados. Andaba con dificultad, pero se empeñaba en levantarse, me quería demostrar que ya caminaba mejor. Yo le proponía que saliéramos a la calle, que yo empujaría la silla de ruedas, le decía que tenía que salir, que no era bueno que estuviera todo el día en casa.

Alguna vez conseguí que saliéramos a la calle. Recorríamos la calle Fuencarral, empujando yo la silla de ruedas. Nos deteníamos ante los escaparates y en los puestos callejeros. Lo miraba todo con curiosidad, su eterna curiosidad.

Le encantaban los anillos. Llevaba siempre puesto el anillo en forma de lazo –la moda del momento– que le regalaron los padres de mi padre en la petición de su mano. He visto en algunas manos de mujeres de su generación y parecida clase social anillos semejantes al suyo. Pero el de mi madre siempre ha sido el que me ha gustado más, porque es más sencillo y más discreto. No era el único anillo que llevaba. Estos nuevos anillos o se los regalaron o se los compró ella misma. Era muy fácil distinguir los que se compró ella misma: no provenían de las grandes joyerías del centro de Madrid, ni siquiera de las joyerías más modestas del barrio de Chamberí, su barrio. Eran anillos de plata comprados en mercadillos y tenderetes callejeros. Cuando yo iba a verla, siempre me miraba las manos y contemplaba mis anillos de plata, incluso se los probaba, complacida.

No recuerdo haber entrado jamás con mi madre en una joyería, ni tampoco la recuerdo detenida frente a los escaparates de las joyerías. En cambio, tengo muy vívido el recuerdo de su mirada ilusionada mientras deambulaba por los mercadillos.

Recuerdo muy bien la tarde, quizá dos años antes de su muerte, en que mis hermanas y yo conseguimos convencerla para dar una vuelta por el barrio. Mi hermana pequeña había venido de Estados Unidos para pasar unos días en casa de mis padres. En definitiva, para ver a mi madre, cada vez más limitada y enferma. Mis hermanas y yo recorrimos con ella –con ella sentada en la silla de ruedas– la bulliciosa calle de Fuencarral, la calle cuyo movimiento nos atrapó, recién llegadas a Madrid, en septiembre de 1961 –si no me equivoco con las fechas, que cada vez se me confunden más, y en realidad cada vez me importa menos esa clase de exactitud–, y mi madre nos hacía arrimar la silla de ruedas a los tenderetes de las joyas de plata y miraba con mucha atención los anillos y todo lo que se exhibía allí. Con el dedo arqueado por la artritis, señalaba las cosas que le gustaban. Aprobó que yo me comprara un collar de cuentas de colores con pendientes a juego, y luego, en casa, miraba mis adquisiciones, que yo ya me había puesto, como si fueran las joyas más valiosas del mundo.

Días después de morir mi madre, mis hermanas y yo pusimos sobre la cama los joyeros de mi madre. Muchos joyeros, muchas cajas para tan pocas joyas. El único anillo de valor era el de lazo, el de la petición de mano. Supongo que los otros anillos de oro, los que le regalaron después, se fueron perdiendo, porque eran pequeños y mi madre no era ordenada, ni con las joyas ni con nada. Y en su tendencia al desorden se expresaba, sin duda alguna, la enorme fascinación que le producía el bullicio de la vida. El bullicio, que nunca es ordenado.

Encontramos dos anillos de plata, muy pocos, en relación con los recuerdos que teníamos de ella mostrándonos los nuevos anillos. Me pregunto ahora por qué me transmitió la sensación de que le gustaban los anillos, si apenas había anillos en sus cajas y joyeros. Finalmente, sólo nos ha legado un anillo de valor, el de lazo. Sólo nos ha legado las joyas que le regalaron a finales de 1943, dos meses antes de la boda, en enero del 44. Mis hermanas y yo nos quedamos asombradas, aunque luego comprendimos que no teníamos por qué sentirnos tan asombradas. Supongo que ellas, como yo, tampoco tienen el recuerdo de haber ido con mi madre a una joyería o de haberla visto detenerse frente a su escaparate.

Entre todas las imágenes que tengo de mi madre se destaca el movimiento de sus manos. Necesitaba señalar las cosas que le gustaban, fueran concretas o abstractas. Las manos llenas de anillos, el legado que en realidad, más que los anillos, se guardaba en ellas: su curiosidad insaciable por los otros.

Pero la idea de salir a la calle le fue produciendo cada vez más cansancio. La silla de ruedas siempre le había resultado odiosa. De hecho, desde que la tuvo hasta que se decidió a salir a la calle sentada en ella pasó algún tiempo. Decía que todo el mundo la miraría y, cuando le replicábamos que había bastantes personas que iban en silla de ruedas y que, de todos modos, qué le podía importar que la miraran, se encogía de hombros, como diciéndonos que no podíamos entenderla, que era inútil seguir hablando de eso. Se fue replegando poco a poco. Cuando yo le proponía que diéramos una vuelta, negaba con la cabeza; prefería que nos quedásemos en casa. Me escuchaba con mucha atención. Y, sobre todo, hablaba; hablaba mucho, recordaba y relataba viejas historias.

Si mi madre ha vivido en Madrid algo más que la mitad de su vida, si ha muerto en Madrid, me digo ahora, Madrid es ya mi ciudad. Y la melancolía que aún me invade cuando me adentro en Madrid dará paso, eso espero, a la calma de saber que esta ciudad no me es extraña, que esta ciudad contiene cuarenta y dos años de la vida de mi madre y sé que ella vivió momentos de felicidad callejeando por el barrio. Conocía a los tenderos del mercado, a las dependientas de los grandes almacenes, al farmacéutico... Estaba siempre al tanto de todas las vidas que se cruzaban con ella por la calle. Sé que me ha legado eso: un barrio, una ciudad, y que todo lo que ella ha conocido en ese escenario aún está allí, y ése es el aire que respiro cuando recorro las calles de mi viejo barrio, el aire que mi madre respiró.

Pero no me resulta fácil ir a Madrid. De hecho, no voy con mucha frecuencia. Madrid está a catorce kilómetros de casa y, si no voy en coche en las horas punta, llego en quince minutos. Al pasar por la glorieta de San Bernardo, que era donde yo solía girar para coger la calle San Bernardo hacia Quevedo y doblar, luego, por Arapiles, para dejar el coche en el aparcamiento subterráneo más próximo a la casa de mis padres, se me encoge el corazón y muchas veces las lágrimas afluyen a mis ojos. A la vez, he ido reconociendo dentro de mí una especie de querencia por estas calles, como si entre ellas aún pudiera encontrar la protección perdida. La existencia perdida de mi madre.

Las navidades de 1999 no me sentí con fuerzas para quedarme en Madrid. La Nochebuena era muy importante para mi madre. Y la última que vivió, yo tuve la impresión de que ella no acababa de saber del todo qué era lo que estábamos celebrando.

Sonreía, parecía contenta, se llevaba a la boca la copa de vino sostenida con sus manos temblorosas, miraba los regalos, los agradecía. La ayudamos a levantarse de la butaca de cuero y, acomodada –pero nada cómoda– en la silla de ruedas, la acercamos a la mesa. La sentamos entre mi hermana mayor y yo –fue unos días después cuando llamé a mi hermana pequeña a Washington para decirle que nuestra madre se estaba consumiendo, que quizá no llegaría a la primavera, que era cuando Clotilde pensaba venir–, pero esa última Nochebuena aún creíamos que mi madre viviría más. Sin embargo, supe que no se daba cuenta del todo de lo que ocurría a su alrededor. Habló menos que nunca. Sonrió más que nunca.

No me sentí con fuerzas para pasar en Madrid la Nochebuena de 1999. Esas reuniones familiares eran demasiado importantes para mi madre como para que yo, sin ella, no fuera superada por la emoción, por el dolor.

Mi marido y yo escapamos hacia el sur. Nos alojamos en un hotel céntrico de la ciudad. La víspera de Nochebuena reinaba en las calles una gran agitación, y también la misma mañana de Nochebuena. Pero por la tarde la ciudad se fue despoblando. A las siete, casi todas las tiendas habían echado el cierre. Decidimos bajar al bar del hotel a tomar una copa –unos dry martinis muy bien preparados, orgullo del hotel–, pero el bar estaba cerrado. También estaba cerrado el restaurante del hotel, donde habíamos pensado cenar. Salimos a la calle y dimos un paseo por la alameda, donde se habían instalado casetas en las que se vendían adornos y motivos navideños y todo ese material que suelen ofrecer al público todos los mercadillos que conozco. Éramos ya muchos menos los que aún estábamos en el paseo. El espíritu de la cena familiar e íntima prevalecía en el aire y, casi vacía, la ciudad parecía más oscura.

Preguntamos en una cafetería si habría algún restaurante abierto aquella noche y nos dijeron que todo estaba cerrado, pero que los bares abrirían después de la medianoche. Decidimos encargar unos sándwiches en una cafetería, milagrosamente abierta, y llevárnoslos a la habitación, provista, como debe ser, de minibar. Con los sándwiches envueltos en papel de aluminio y guardados en una bolsa de plástico, entramos luego en un bar muy pequeño que, también mágicamente, aún estaba abierto y que quedaba justo enfrente del hotel, por lo que ya lo conocíamos. Nos habíamos hecho, en un par de días, clientes habituales de ese bar, también especializado en cócteles y, de forma particular, en el dry martini. Regalos del azar.

El oscuro y estrecho bar estaba repleto de gente –toda la animación que había desaparecido de la ciudad se había ido concentrando allí, el bar era un reducto para rezagados, el lugar ideal para nosotros–, pero avanzamos como pudimos hasta el extremo de la barra y encontramos un hueco. A nuestro alrededor, los rezagados estaban cada vez más animados; parecían dispuestos a olvidarse de las cenas familiares y seguir con aquella farra toda la noche. Como nosotros no teníamos taburete, estábamos deseando que alguien se fuera al fin del bar, pero todos hablaban de marcharse y todos seguían allí e incluso pedían una copa más.

Conseguimos, cerca de las diez de la noche, los anhelados taburetes. Ya apoyados sobre el mostrador, estábamos dispuestos a quedarnos hasta que el bar se cerrara. Súbitamente, nos encontramos solos.

Siempre me ha parecido admirable la figura del barman, ese hombre discreto y eficaz que, al otro lado del mostrador, en un bar en penumbra, sirve las copas y prepara los cócteles, atento a los deseos del cliente, dispuesto a cruzar unas palabras con él si es preciso, dispuesto a permanecer silencioso, algo alejado, si percibe que eso es lo que el cliente quiere.

Todos se fueron del bar y sólo quedamos nosotros con el barman, un hombre de edad indefinida, la edad del buen barman, y sus hijos, quizá de la edad de los nuestros. El barman nos preparó sus excelentes martinis, nos dijo que nos los tomásemos con tranquilidad, que cerraría después, cuando los acabásemos. Y hablamos, porque el barman supo que era el momento de hablar. Hablamos de los viajes, de las ciudades desconocidas, de los hoteles, hablamos de la vida errante, hablamos de la soledad y de la vida. Cada vez más filosóficos.

Terminamos los martinis, estrechamos la mano del barman y de sus hijos. Nos deseamos mutuamente felicidad. Cruzamos la calle mientras ellos echaban la persiana metálica sobre la puerta del bar. En la habitación del hotel, nos tomamos los sándwiches fríos y poco apetecibles, pero aún estaba en el aire la conversación mantenida en el bar, como una película que te ha conmovido y no olvidas, porque te ayuda a vivir.

La Nochevieja la pasamos en casa. Brindamos por ella, mi madre, la abuela de mis hijos. Y luego se sucedieron, de improviso, una serie de celebraciones. Cuando, después de esas celebraciones en las que todos perdimos un poco los estribos –quizá yo más que nadie–, me metía en la cama, pensaba siempre en ella, y le pedía eso: que me ayudase a vivir. Por mí y por ti, murmuraba, necesitada de su presencia, de su complicidad, de su aprobación.

Durante largos meses, he tenido la sensación de vivir entre estos extremos. La inmensa gratitud hacia mi madre por haber existido ochenta y dos años, por haber podido conocerla y quererla más a lo largo de los años. Me entregaba fácilmente a la euforia, como si deseara vivir por ella y por mí. El recuerdo de su dedo arqueado señalando la copa de vino para que mi padre o cualquiera de nosotros se la llenáramos hasta el borde se hacía vívido. Las copas de vino tinto jamás debían servirse a medias. Mi madre necesitaba la copa llena, necesitaba esa seguridad, tener ante los ojos una buena cantidad de vino, reservas.

En el otro extremo estaba la amenaza de que su ausencia me llevara a los recuerdos dolorosos y me hundiera. El tiempo que le hurté. Esa noche de invierno en que, después de que ella me llamara muchas veces por teléfono y me hiciera prometer que la iba a llevar a otro sitio, no sé si a un hospital, no decía claramente adónde quería ir, llegué a su piso y la encontré sentada en la silla de ruedas, envuelta en chales, dispuesta a venirse conmigo. Me había estado esperando toda la tarde. Me miró con profunda desolación. Al fin has venido, dijo, vámonos.

No fuimos a ninguna parte. Eso es lo que aún me hace llorar. Me refugiaba en el cuarto de baño para llorar. Le fallé, le fallé. Me pidió que la sacara de su casa y la dejé allí. La llevé a su dormitorio, me senté frente a ella. Cogí sus manos, delgadas y nerviosas, impacientes, enredadas en los chales. ¿Adónde quieres que te lleve, mamá? No sé adónde quieres ir. Su desolación fue en aumento. Comprendió que no había salida. Apoyé mi cabeza en sus rodillas. ¿Adónde?, volví a preguntar. Entonces lo dijo, esa frase que se me clava en el corazón. Dijo: Hija mía, si no sabes adónde llevarme, llévame a tu casa. Todo esto es horrible, añadió, señalando con sus manos inquietas los muebles, el aire entero que llenaba el dormitorio.

No me la traje a casa. ¿Por qué?, ¿qué me impedía

sacarla de su piso, sentarla en el coche, traérmela a casa y acostarla en una de nuestras camas?

No lo hice, y sé que ese hecho aislado no resume mi relación con mi madre. Pero ¿cómo olvidar su desolación, su decepción? Quizá existían obstáculos casi infranqueables para traérmela a casa, verdaderas barreras. Otra vez me digo que así fueron las cosas. Mi madre se moría, la cabeza se le iba. Yo era su hija. Ella estaba en su casa. La habíamos organizado para que ella fuera cuidada y atendida.

Miro el anillo de lazo que ahora llevo en el dedo. Su anillo. Miro las pulseras que abrazan mis muñecas, sus pulseras. Miro las fotografías de mi madre enmarcadas que pueblan mi librería, mis espacios. Mi madre joven, antes de casarse. Mi madre el día de su boda. Mi madre mirando de lado.

Poco después de morir mi madre, fui al piso de Fernando el Católico para escoger, entre los álbumes de fotos, las fotografías de mi madre que yo quería tener. Me detuve en una, la de mi madre mirando de lado, sentada en una butaca de mimbre del café Iruña, en Pamplona. Me quedé en esa foto. No pude seguir. El proceso interno de mi madre se reflejaba en las fotografías. Esa derrota que poco a poco la fue invadiendo. Pero sí quise tener la última foto en la que aparece junto a mis hijos. Era el mes de agosto de 1998, en Madrid. Mis hijos, que habían pasado el verano de aquí para allá, fueron, juntos, a verla en esa tarde de calor en la que los dos estaban en Madrid.

Los dos miran a mi madre, sonrientes, sentados en el viejo sofá de brazos de madera; mi madre, sentada en su butaca de cuero, está mirándolos como se mira a una aparición. Mi madre fue feliz aquella tarde. Me llamó por teléfono a Galicia. Han venido los dos, me dijo, Diego y Gustavo, los dos, repitió, como si aún no se lo creyera, como si la enorme felicidad que acababa de sentir se fuera a evaporar enseguida. Pero tengo la foto, la única foto de mi madre ya mayor, ya muy limitada, que he enmarcado. La tengo a un lado de mi mesa. Es una fotografía pequeña, un marco pequeño.

Agosto de 1998. Mi madre, en Madrid. Yo, en Galicia. Hablaba con ella por teléfono largo rato. Se encontraba muy mal, pero podía hablar y razonar. Se quejaba de sufrir insoportables dolores. Las vértebras se le estaban descolocando, deshaciendo. No había remedio, dijo el médico. ¿No hay remedio para el dolor?, me preguntaba yo al colgar el teléfono. Sentía el dolor de mi madre como una presencia constante. ¿No hay remedio contra el dolor de una persona derrotada, acabada, que tiene algo más de ochenta años y ninguna esperanza de recuperación? A veces me digo que, cuando tenga fuerzas, me dedicaré de lleno a eso: a tratar de que esta sociedad no sea así. Pero nunca fui activista. Escribo, nado, lloro. A veces, también me río mucho. Tengo remordimientos y desánimos. En tales casos, sólo me digo una cosa, sólo me propongo una cosa: resistir. Como un mandato que me hubiera hecho mi madre, que vivió, que resistió, ochenta y dos años.

Poco a poco, como una débil luz que se vislumbra al final de un túnel, va apareciendo en mi interior otro deseo: el de alcanzar, dentro de la vida que me propongo vivir, momentos de felicidad y de armonía. No sé de dónde saco esa fe, pero a veces la palpo. Y, fugazmente, me sostiene.

LOS ARMARIOS Y LOS SECRETOS

En el dormitorio de mi abuela materna había un armario enorme de madera oscura, estaba enfrente de la cama de la colcha dorada, una cama que me parecía muy alta y muy grande. Pero no tan grande como el armario, desde luego. El armario era el mueble más impresionante de la casa. Sus puertas se abrían y el mundo que surgía entonces era fascinante. En la parte de la izquierda estaba el colgador, con los dos únicos trajes que tenía mi abuela, ya viuda. Dos trajes negros, uno nuevo y otro del pasado año. El nuevo siempre me parecía deslumbrante y me asombraba que al año siguiente ya hubiera perdido el esplendor. La abuela lo llevaba todos los días. Ahora recuerdo que también tenía una especie de batón que se ponía cuando el traje de todos los días se lavaba. Pero se secaba enseguida, porque el recuerdo de mi abuela vestida con aquel batón es muy vago. Sí recuerdo que avanzaba algo inquieta por el pasillo en dirección a la cocina y al cuarto de la plancha para ver si su traje ya estaba preparado.

Ese traje negro de todos los días, al año siguiente, iba a parar al misterioso armario y misterioso cuarto de Modesta, la cocinera de la abuela. Cocinera, planchadora y todo lo que hiciera falta. Era fuerte y alegre y estaba absolutamente enamorada de mi tío Pedro. Era un amor casi declarado, dada la devoción con que atendía a mi tío. Modesta era muy fea y tal vez por eso no le importaba que todos supiéramos lo mucho que quería a mi tío. Las feas, las muy feas, como era el caso de Modesta, pueden, a veces, ser muy atrevidas. Quizá se digan que no tienen nada que perder.

Cuando íbamos a la casa de la abuela a pasar el verano, a todos los primos que nos reuníamos allí nos intrigaba extraordinariamente el cuarto de Modesta. Estaba siempre cerrado con llave. Una vez lo entreví. Parecía una celda. Había una cama de hierro y un armario y, lo más enigmático de todo, una gran maleta debajo de la cama. Sabíamos que Modesta guardaba en la maleta lo que le era más querido, lo más valioso para ella. El cuarto-celda de Modesta, en el que nunca llegué a entrar, fue un anticipo de la celda del convento en el que ingresó Modesta nada más morir mi tío en un accidente de coche.

Pero el armario de la abuela también tenía misterios. En la parte de la derecha había estantes y cajones de diferentes tamaños. Y había un departamento secreto, una especie de trampilla a la que se accedía presionando un resorte que sólo conocía la abuela. Pero a veces, nos lo enseñaba. Hacía no sé qué movimiento con las manos y aparecía ese hueco. Lo recuerdo vacío, quizá siempre que nos lo enseñó estaba vacío. La abuela decía que en todos los grandes armarios existía un departamento secreto. ¿Por qué? Muy sencillo, porque hay cosas que se tienen que esconder, decía la abuela. Como no tenía joyas, me pregunto qué era lo que mi abuela escondía en él. ¿Cartas?, ¿no vi alguna vez en aquel hueco secreto unos papeles atados con un cordel?, ¿lo he soñado?

Lo que más me asombra ahora del departamento secreto del armario de la abuela es que a ella su existencia le pareciera perfectamente lógica, natural. Había algo que sólo era de ella, algo que bajo ningún concepto otra persona podía conocer. No sé si en vida del abuelo, a quien apenas conocí, la abuela le llegó a mostrar, como a sus nietas, el hueco secreto. Supongo que no. Seguro que no. La abuela nos hablaba de ese departamento tan convencida de su necesidad que está claro que jamás había compartido ese secreto con nadie. Sólo con nosotras.

Hoy los armarios de las casas son casi siempre empotrados. Su diseño es muy sencillo. No sé dónde se podría esconder algo en estos armarios modernos. Todos nos las arreglamos finalmente para preservar de la mirada de los otros algo que nos incumbe exclusivamente a nosotros. Pero no se admite con aquella naturalidad con que mi abuela defendía la necesidad del departamento secreto de su armario.

El armario del dormitorio de mi madre siempre ha estado, a su vez, lleno de misterios. No tenía un departamento secreto, pero como mi madre no era ordenada, jamás se sabía dónde estaba una cosa y dónde otra. De hecho, se perdían muchas cosas en el armario de mi madre. Algunas, para siempre. Otras, reaparecían un mes o un año después. Al igual que a la abuela le parecía natural que hubiera en su armario un departamento secreto, mi madre consideraba que el desorden que imperaba en su armario no era desorden. Las cosas se guardan donde, como y cuando se pueden. Ésa parecía ser su filosofía sobre el orden de los armarios. Y si durante los meses de verano que pasábamos en Pamplona en casa de la abuela, su gran armario me fascinaba, durante el largo invierno en Zaragoza y luego en Madrid el desordenado armario de mi madre aún me impresionaba más. Alguna vez le pedía yo algo que creía que ella tenía guardado en su armario e íbamos las dos juntas a buscarlo. La tarea de la búsqueda no era nada fácil y muchas veces tuvimos que volcar sobre la cama las numerosas bolsas que llenaban el armario y muchas veces comprobamos, con asombro, con alegría, que sí, que aquello que buscábamos estaba allí. Otras veces no encontramos lo que yo quería. Y otras, desde luego, aparecieron cosas mucho más interesantes que las que yo buscaba.

¿De dónde provenía la tendencia al desorden que definía a mi madre? Su madre, mi abuela, era sumamente ordenada. Todo estaba siempre en su sitio, nada se extraviaba. El orden dentro del armario era perfecto. Sus hermanas, mis tías, también se caracterizaban por su espíritu de orden. La tía Maru, la mayor de ellas, que también pasaba, con su familia, los veranos en casa de la abuela, se instalaba en su dormitorio con un enorme baúl lleno de innumerables departamentos. Cuando salía a la calle, lo cerraba con llave. Al menos, eso era lo que el tío Pedro nos decía, añadiendo que un día él conseguiría una copia de la llave del baúl de mi tía porque debía de haber allí cosas muy valiosas. Creo recordar que más de una vez insinuó que mi tía guardaba en el baúl una buena provisión de Cointreau. La tía Maru se reía, feliz de ser el objeto de las bromas de su hermano pequeño. Pero estoy segura de que no era verdad; en el baúl de la tía Maru no se escondía ningún licor. Se escondía todo lo que ella era, una persona a quien le gustaba tener un baúl lleno de departamentos y que se sentía en la necesidad de cerrar su baúl cuando salía de casa. Quería ser dueña de sus secretos, de sus misterios. Se reía mucho con las bromas del tío Pedro. Le brillaban los ojos como si fuera una adolescente, una niña. Nunca abrirás el baúl, decía, nunca me dejaré olvidada la llave. Lo decía retadora, un poco provocativa, jugando a conciencia el juego que su hermano le ofrecía.

Aún vive. La hermana mayor de mi madre. En el fondo de sus ojos, sigue vivo el brillo de ese deseo: no crecer, vivir en la inocencia. La última vez que estuve en Pamplona fuimos las dos a comer a las Ventas de Ulzama. Les dijo a las camareras, a la dueña, a todo el mundo que se le puso por delante quién era yo, lo famosa e importante que era yo. Algo que mi madre jamás hubiera hecho, y seguramente, si mi madre hubiera sido así, expansiva y orgullosa de nosotras –orgullosa estaba, pero calladamente– , yo no lo habría soportado. En cambio, disfruté viendo lo feliz que era mi tía. Naturalmente, ante sus palabras, los interlocutores me miraban un momento con extrañeza y luego la miraban a ella, asintiendo. De Pamplona de toda la vida, decía mi tía, la de veces que hemos venido aquí y a las Ventas de Arraiz. Ella habría preferido que hubiésemos comido en las Ventas de Arraiz, donde ella pasaba unos días del verano mientras vivió su marido, el tío Eduardo, que era militar y que la adoraba mientras todos le temíamos; al menos, yo le tenía un miedo cerval, sobre todo después de que una vez me acusara de haberle robado su cepillo de dientes, cosa que jamás de los jamases se me hubiera ocurrido, porque además la idea de robar es algo que simplemente no cabe dentro de mi carácter –y no estoy hablando de la moral, sino del carácter–. Mi tía Maru habría preferido ir a las Ventas de Arraiz, donde tanto la conocían, para presumir aún más de mí, pero aquel día estaban cerradas. En todo caso, en las Ventas de

Ulzama no se reprimió. Colgada de mi brazo, con su aspecto de incombustible condesa italiana a quien la vejez le va confiriendo más y más prestancia, avanzamos entre las mesas de la venta y luego volvimos al coche que nos devolvería a Pamplona. Fuimos rutilantes estrellas de cine o miembros destacados de la más refinada y antigua aristocracia.

Pensé en mi madre, desde luego, que jamás hubiera hecho una entrada así. Habría hablado con todo el mundo, como era su costumbre, pero nunca habría dicho a nadie que yo, su hija, era escritora, ni mucho menos se habría aventurado a decir que era famosa. Mi madre, sumamente realista, sabía que la literatura no conduce a la fama y, además, la idea de fama le era molesta. ¿Distinguirse?, ¿sobresalir entre los demás?, ¿quién se lo merece? Todos somos iguales. No soportaba la soberbia ni la vanidad.

He heredado esa actitud, pero la ilusión de mi tía Maru al entrar, apoyada en mi brazo, en las Ventas de Ulzama, no puede por menos que conmoverme. La tía Maru ha sabido mantener una parte de la remota inocencia infantil inalterable. Su marido militar siempre la protegió. Cuando el tío Eduardo murió, ella intentó, y aún lo intenta, vivir como si aún estuviera envuelta en un halo de protección. Es una condesa italiana que, mientras su mundo se derrumba, mira hacia otro lado. Y yo estoy allí, en el otro lado, a su lado. De modo que se apoya en mi brazo y me dice en susurros que somos las más guapas y las más elegantes, y, con los ojos perdidos en un invisible paraíso, nos sentamos a la mesa junto a la cristalera. Momentos de felicidad.

Momentos de felicidad que dedico a mi madre. Porque mi madre nos ve. Ella, que nunca se guiaba por categorías sociales, emanaba una especie de dignidad, de naturalidad, que la elevaba por encima de los demás. Más deteriorada que mi tía, pero igual de sonriente y comunicativa. Nunca hubiera presumido de mí, aunque sólo fuera para no herir a quienes nos acompañaban. De hecho, nunca fui sola con mi madre a un restaurante. Mi tía Maru me hizo ese regalo que mi madre, por muchas razones, no me pudo dar.

Pero en público mi madre se comportaba con seguridad. No era una mujer indecisa. Se me viene ahora este rasgo suyo a la cabeza –su seguridad, la manera con que se relacionaba con los otros– porque en modo alguno puedo definir a mi madre como una mujer tímida. Era pudorosa, pero no tímida. Su seguridad nacía de una zona que no soy capaz de definir, pero que no tiene nada ver con los valores sociales convencionales. No era una mujer convencional y creo que, al final, todos los miembros de la familia, no sólo nosotras, sus hijas, sino toda la familia, lo acabaron comprendieron, lo fueron descubriendo. Sólo tengo el mérito –¡y la carga, el dolor!– de haberlo intuido muy pronto, de haber tomado partido por ella muy pronto, de haber sufrido por las frustraciones y limitaciones que yo imaginaba en su vida.

Su seguridad indefinible, me digo, y acuden a mi mente imágenes que se relacionan con las sombras que se perciben desde la caverna de Platón. Los Evangelios. Los tenderos del mercado. Sus nietos. Su curiosidad. Los mercadillos. Los anillos de plata. Los abalorios.

Se me viene a la cabeza ese mundo suyo tan particular. Ese armario suyo abarrotado, desordenado, donde se perdían las cosas. Ese armario que, a petición mía, tantas veces abrimos juntas y en el que indagamos juntas a la búsqueda de algo. Ese desorden que ella encontraba plenamente lógico, natural. En realidad, todo su armario estaba hecho de departamentos secretos, de escondrijos.

Había una caja de cuero marrón comprada en Marruecos donde ella guardaba el dinero. El dinero de la compra diaria y el que daba a sus nietos cuando iban a verla. En un momento dado, se levantaba y, con aire de misterio, se iba hacia su cuarto. Se oía el chirriar de la puerta del armario. Al cabo –lo que le llevara el encontrar la famosa caja, que nunca estaba en el mismo sitio–, aparecía en el salón con la cara resplandeciente y una de sus manos cerrada. Se sentaba de nuevo en la butaca. En el momento de la despedida, mi madre daba a sus nietos el billete de forma clandestina, como si quisiera que no lo supiera nadie, como si deseara mantener ese secreto sólo con ellos.

Cuando, ya muy al final, apenas podía andar, no

renunciaba a ese pequeño recorrido, apoyada en el brazo de alguno de nosotros. No sé en qué momento se realizaba el trasvase del dinero, pero era evidente que a ella le emocionaba, le hacía sentirse cómplice de sus nietos, creaba un vínculo secreto entre ella y ellos. Lo peor para ella de aquella etapa era que ya no podía deslizarse misteriosamente por el salón para ir a su cuarto en busca del dinero guardado en la caja de cuero, pero, sea como fuere, el dinero llegaba a sus manos, daba órdenes que parecían crípticas y todos sabíamos muy bien qué era lo que quería. Aquella dependencia, aquel no poder ir ella por su cuenta a buscar el dinero, la molestaba, le dolía profundamente.

Mi madre, al final de su vida, perdió su armario. Se quejaba de eso alguna vez. Había sido dueña de un armario desordenado que sin duda tenía para ella ciertas claves de orden. No sé dónde están mis cosas, se lamentaba, ya no sé nada. Lo decía con infinita pesadumbre, con los ojos perdidos, desorientada dentro de una casa cuyo control se le había escapado. Ya no podía cultivar sus secretos, aunque persistió en el gesto misterioso con el que entregaba a sus nietos los billetes escondidos en su puño.

Aún le resplandecía la cara en el momento crítico del trasvase, cuando su mano se abría para depositar el billete en la mano de uno de mis hijos, el que aquella tarde me había acompañado a su casa, ya que cada vez se me hacía más difícil ir sola a casa de mis padres.

Sobre todo, salir sola de nuevo a la calle oscurecida.

Pienso ahora que quizá mi madre me haya hecho también ese legado, el de saber que quien no tiene secretos no tiene nada. Puede que lo aprendiera de su madre, del gran armario que presidía el dormitorio de la abuela y que guardaba en su interior un lugar inaccesible que sólo su dueña conocía. Y pienso con dolor en su impotencia final, cuando no podía ir sola hasta su armario y buscar sola la caja de cuero y sostenerla sola entre las manos y sacar sola los billetes destinados a sus nietos. Pero supo mantener el juego, supo actuar como si aún su secreto le perteneciera por entero. Nunca dio a la vista de todos esos billetes que llegaban a sus manos de una forma que ella hubiera preferido que fuese diferente. Pero, una vez que el billete estaba en su poder, el secreto revivía. Eso indica lo muy importante que era para ella, eso me dice que quien no cultiva un secreto se queda sin algo sumamente esencial, algo que confiere fuerza y también amor, porque aquel secreto de mi madre tenía esa meta, el de demostrar a sus nietos que existía un vínculo especial entre ella y ellos, algo que los demás no tenían por qué conocer. Y, si de algo estoy segura, es de que mis hijos se lo agradecieron y que aquellas pequeñas sumas de dinero que ella les daba clandestinamente han tenido para ellos mucho más valor que lo que cualquier otra persona, incluida yo misma, les ha podido dar sin ese carácter sagrado del secreto.

LOS VIAJES, MI PERRO, LAS PISCINAS Y EL MAR

Supongo que conocí la existencia del mar en las clases de geografía del colegio, en Zaragoza. Nos mandaban dibujar muchos mapas y el contorno azulado del mar que rodeaba a los continentes era uno de los puntos en los que las capacidades de las alumnas se revelaban más diferentes entre sí. Ese contorno azulado era una prueba. Había niñas cuya habilidad me dejaba estupefacta. Dibujaban esos inicios del mar junto a la tierra en tonos *degradés* y difuminados. Otras niñas dibujaban pequeñas olas. Yo no puedo presumir de aquellos viejos mapas. Si para algo está claro que no tengo ninguna capacidad es para el dibujo. Y aunque fui aprobando, curso tras curso, incluso con buenas notas, la asignatura de geografía, no he sido dotada de una gran orientación geográfica. Es preferible que nadie me pregunte dónde está un país y cuál es su capital. Y tampoco soy de aquellas personas que, cuando viajan, buscan enseguida en el atlas la situación del lugar que van a visitar. Acabo por hacerlo, pero creo que es de las últimas cosas que hago cuando voy a emprender un viaje. Todas mis energías, en ese momento, están concentradas en dominar el pánico que me produce viajar.

Leí hace poco una frase de Gesualdo Buffalino que me produjo un gran consuelo. Murió hace poco y no le gustaba viajar. «En cuanto emprendo un viaje, me acomete la nostalgia del regreso», escribió. Me alivió comprobar que mi caso no es único, ya que a la mayoría de las personas que conozco la idea del viaje les parece excitante. Me refiero a los viajes largos, los grandes viajes. Pero los cortos tampoco me gustan, también me crean angustia e intensos deseos de regresar a casa cuanto antes. De hecho, he ido eliminando esos viajes cortos –un coloquio, una conferencia...– porque llego a casa como si me hubieran apaleado. Y aunque alguno de esos viajes cortos haya sido muy agradable, finalmente, el regreso a casa me llena de impaciencia. «Going home is such a ride», canta Doris Prévin. Era una canción que escuché mucho en mi juventud. El regreso a casa es un largo, larguísimo viaje.

Cuando mis hijos eran pequeños, sufría por no estar con ellos. Ahora que son ya mayores, he caído en otra trampa que introduce igual o más inquietud –aunque parezca mentira, aunque le parezca casi una aberración a quien no la conozca– que aquella separación eventual, una sola noche, de mis hijos. Tengo un perro. Nadie, a mi regreso a casa, me recibe con más alegría que él. Nadie, durante mi ausencia, me echa de menos más que él. No es argumento racional. Es así. Y yo, en mis noches de hotel, le echo de menos. Todo sería distinto con mi perro a mis pies, o encima de mis pies, que es donde verdaderamente le gusta dormir y yo, a pesar de la limitación de movimientos –¡y del peso!– que eso supone, le dejo. Soy excesivamente permisiva, opinan en casa. Soy permisiva en general, alego. Pero, por alguna razón, esta respuesta no les convence, no les gusta.

A decir verdad, no sé si soy permisiva por naturaleza, pero es cierto que desde que Moss, mi perro, se introdujo en mi vida, todo cambió.

La primera en percibir, y padecer, el cambio fue mi madre. Moss fue un cachorro muy vehemente y, en demostración de alegría, se echó encima de mi madre –por fortuna, cuando ella ya estaba sentada en el sofá– y le causó daño. Los huesos de mi madre eran muy frágiles, no estaban hechos para resistir la embestida de cachorros entusiastas. Desde entonces, mi madre le cogió a mi perro un miedo cerval y cuando venía a visitarnos, teníamos que encerrar a Moss. Pero ladraba continuamente en señal de protesta y yo acababa por liberarlo. Mi madre lo miraba con temor. Yo lo sujetaba. Cuando mi madre dejó de venir a casa los domingos por la mañana porque ya todo desplazamiento le suponía un enorme problema, me preguntaba, siempre que yo iba a verla, por mi perro. ¿Ya es más bueno?, decía. Yo le comunicaba sus progresos y ella asentía, satisfecha. Me hablaba de otros perros. Comprendía perfectamente que las personas se encariñaran con sus perros. La tía Sole, su hermana, había tenido siempre a su lado a un perro de caza, Dick. No se separaba de ella y, a su muerte, Dick murió. Cuando mi madre me preguntaba por mi perro –«tu perrico», decía–, no lo hacía con el menor resentimiento y me escuchaba atentamente, interesada. Se reía con las anécdotas que yo le contaba, se reía cómplice, olvidando aquel incidente que luego le había llenado de temor. Nunca me lo echó en cara.

Y si en los escasos viajes cortos que aún acometo, los viajes de una sola noche, echo de menos a Moss, en los largos la añoranza se llena de inquietud. Sé que queda en buena compañía, porque, aun cuando yo soy la dueña indiscutible, los miembros de mi familia y Moss se tienen entre sí un apego mutuo que me reconforta mucho. Si me echa de menos, Moss tiene dónde encontrar consuelo. Pero no consigo vencer la punzada de desasosiego. Si llamo por teléfono a casa desde el lejano lugar donde me encuentro, lo primero que hago es preguntar por Moss.

Los mapas, los viajes, el mar. Los mapas pertenecen al colegio y salieron muy poco de allí. Me escandalizo yo misma de mi falta de curiosidad geográfica, pero tengo la esperanza –no se sabe en qué la he fundado– de que el tiempo irá corrigiendo este defecto y que al fin lo miraré todo con mucha curiosidad, incluidos los mapas. De los viajes pienso lo mismo. Me dejarán de atemorizar con el tiempo. Sólo emprenderé los viajes que de verdad me interesen y quizá no sean pocos.

El mar. La orla azulada que rodeaba los continentes y que algunas niñas dibujaban con increíble arte se hizo realidad, mar verdadero, en la Bahía de la Concha, en San Sebastián. La tía Totó, la hermana inmediatamente anterior a mi madre, se casó y se fue a vivir allí y no sé en qué año empezamos a pasar unos días del verano en su casa. Su casa me parecía fastuosa. Me ha quedado el recuerdo de muchas alfombras extendidas sobre el suelo y mucho fulgor de plata encima de los muebles. Mis tíos tenían una motora y a media mañana íbamos al Club Náutico, embarcábamos y la motora avanzaba hasta la mitad de la bahía. Luego se echaba el ancla. Tomábamos el aperitivo y nos bañábamos. El mar. Un lujo.

La tía Totó vivía, y era, como una reina. Murió muy joven, en la misma terrible oleada de muertes que se llevó a mi abuela y a mi tío Pedro, dejando a la familia muy reducida.

Conocí también el mar desde la playa, pero las olas me asustaban. El mar me producía miedo, desde la motora y desde la playa. Pero me gustaba el rito de la motora, la risa constante de la tía Totó, la felicidad que la rebasaba. No recuerdo haber entrado en su dormitorio, pero sí en el de mis primas, unos años mayores que yo. Otra vez tengo que hablar de los armarios. Todo estaba ordenado y visible en aquellos inmensos armarios empotrados y tapizados en tela de flores. Por lo que luego me han contado mis primas, la tía Totó era la personificación misma del orden. La ropa que ya no se necesitaba pero que algún día podría necesitarse, envuelta en papel de seda, se guardaba en cajas que se apilaban en la parte superior de los armarios. Sin embargo, mis tías, las hermanas de mi tía Totó, siempre dijeron que de pequeña era terriblemente alborotadora y desordenada. Ahora se asombraban de su vida perfecta.

Yo me asombraba de todo. Yo venía de unos días de sofocante calor en Zaragoza pasados alrededor de la piscina del Club de Tenis. Venía del desorden de ese Club de Tenis destartalado en el que apenas había césped. La leve sombra de algunos débiles árboles, las toallas sobre la tierra o sobre las baldosas desiguales que rodeaban la piscina, el solario de las mujeres, una especie de caseta en ruinas, donde las mujeres se bajaban los anchos tirantes de sus bañadores y se desprendían de la falda corta que, a juego con el bañador, era la moda de entonces. Recuerdo el bañador de mi madre, hecho a medida, flores rosas y azules, hojas verdes, sobre un fondo crema. Tuvo luego otro, mucho más atrevido. Un bañador de punto con los tirantes cruzados en la espalda y sin falda. Supongo que se lo compró en San Sebastián o quizá en Francia. Pasar la frontera de Francia era el mejor plan del verano. Nos bañábamos en la playa de Hendaya, comíamos entre los pinos y por la tarde íbamos a los grandes almacenes –Uniprix, Madames de France...– de Biarritz y Bayona. Comprábamos cuadernos de tapas escocesas que luego eran la envidia de nuestras compañeras de clase. Quizá mi madre se compró su moderno bañador de punto en uno de esos almacenes.

Tengo una foto de las cuatro hermanas, mis tías, en bañador, sentadas sobre las losetas de la piscina de mis tíos en Pamplona. La segunda piscina de mi vida. Desde que la hicieron, los veranos de Pamplona se desarrollaron allí, en la huerta de mis tíos. La tía Sole era mi madrina. No sólo tenía armarios empotrados y tapizados con telas de flores, sino que tenía un vestidor. Me llevaba muchas veces con ella mientras se arreglaba o arreglaba los armarios. El vestidor olía a perfume. Daba a una terraza que recorría toda la planta. La habitación, entre el dormitorio de mis tíos y el cuarto de baño, estaba llena de luz. Yo me sentaba en una pequeña butaca y observaba el ir y venir de mi tía. Normalmente, estábamos las tres, mi madre, mi tía y yo. Mi tía se probaba algo, un vestido, un bañador, o se ponía unos pendientes y luego otros. Nosotras asentíamos. Todo lo que mi tía se ponía me parecía bien. Más que bien. Pero ella dudaba. A pesar de tener entre mis otros primos fama de implacable, era una mujer tremendamente insegura. Nunca sabía qué ponerse. Cuando tenía que acudir a una boda o a una fiesta, la duda se acrecentaba y a sus ojos asomaba un punto de terror.

Miro la fotografía de las cuatro hermanas sentadas al borde de la piscina. A la izquierda, quizá con la actitud más natural de todas, la tía Maru. Está sentada de lado y apoya la mano derecha en el suelo. La otra mano, sobre el borde de la falda de su bañador, un bañador de flores pequeñas y tirantes anchos. Lleva gafas de sol pero mira a la cámara y medio sonríe. A su lado, la tía Sole, también sentada de lado, no sé qué hace con las manos, es como si estuviera desmenuzando una hierbecilla. Pero no dirige la mirada hacia sus manos, mira también a la cámara y su sonrisa no llega a ser una sonrisa. Lleva un bañador oscuro que quizá sea de punto. La tía Totó es la única que está sentada de frente, las piernas no se llegan a cruzar, apoya las dos manos en el suelo. Sonríe de verdad a la cámara tras unas gafas de sol de cristales claros. Es la única que lleva pendientes. Dos perlas en los lóbulos. Su bañador, blanco, de tela, con falda, tiene rayas irregulares oscuras, como la piel de la cebra. En el extremo de la derecha está mi madre. Se ha sentado de espaldas a la cámara y ha vuelto la cabeza y sí, ella también mira a la cámara, cosa rara en ella, que en casi todas las fotografías mira de lado. Lleva el bañador de punto con los tirantes muy estrechos cruzados en la espalda. No se le ven las manos, ni las piernas. Mi madre se esconde un poco detrás de la resplandeciente tía Totó.

Tienen, creo, más de treinta años. Llevan el pelo cortado a la moda, raya a un lado y como quede. Son cuatro mujeres maduras y muy hermosas. Los bañadores les sientan muy bien. Las gafas de sol les dan un aire de modernidad, son gafas de sol que yo me podría comprar en cualquier momento. Mi madre es la única que no lleva gafas de sol. El momento de la foto le debió de sorprender lejos de ellas, porque jamás salía en verano a la calle sin ellas y menos si se encontraba bajo el sol al borde de la piscina. Por eso su mirada es la que mejor se ve. Sus hermanas sonríen, unas más y otras menos, pero mi madre está seria. Mira muy seria de espaldas a la cámara. Mira por encima del hombro. Se defiende de algo, quizá de la cámara, de los secretos que una cámara puede captar.

Era buena nadadora. En el Club de Tenis de Zaragoza se la tenía como a una heroína porque en una ocasión no dudó en arrojarse a la piscina cuando vio que un niño trataba inútilmente de mantenerse a flote. Mi madre salvó a ese niño. Continuamente le daban las gracias, se asombraban de su rapidez, de la eficacia de su improvisada operación de salvamento. En la huerta de mis tíos de Pamplona había frontón y a mi madre le gustaba jugar. La recuerdo con la paleta en la mano, recorriendo el suelo del frontón de aquí para allá. Competía con los hombres de la familia, sus hermanos y su cuñado. Era muy aficionada a la bicicleta. Muchas fotografías la muestran así, calzada con alpargatas y sosteniendo la bicicleta en cuyos pedales había apoyado los pies. Más tarde, se compró un ciclomotor, una Mosquito. Bajábamos a la huerta de mis tíos en bicicleta y ella en su Mosquito. De regreso a casa, la envidiaba, porque yo siempre me tenía que bajar de la bici en mitad de la cuesta del Labrit.

Mi madre era todo eso. Nadaba. Tenía un bañador de punto bastante atrevido. Montaba en bicicleta y en ciclomotor. Jugaba al frontón.

Pero, llegado el momento, no quiso aprender a conducir un coche. Se negó. Algunas veces, mucho después, se lamentó de aquel rechazo.

Quizá el coche la aterrorizaba, de la misma manera que a mí me aterrorizó el mar. Quizá ella era de bicicleta y, a lo más, de ciclomotor, de la misma manera que yo soy de piscina. El mar no me aterroriza tanto como antes; puedo nadar en el mar, pero soy de piscina. Tuve, también, que superar ese miedo, el que la alborotada piscina del Club de Tenis de Zaragoza me producía. También la piscina de la huerta de mis tíos en Pamplona me producía temor. Mis primos se tiraban cerca de mí y el agua me entraba por la nariz y por los ojos. Durante mucho tiempo nadé con flotador, un flotador rosa de goma lleno de parches, y permanecía en la zona donde no cubría, donde se podía hacer pie. Aprendí a nadar a braza y me tiré algunas veces del trampolín, pero, sin lugar a dudas, fui la peor nadadora de la piscina de la huerta Vilella. Incluso se llegó a prohibir a mis primos que me hicieran aguadillas. De un par de ellas que padecí, emergí medio muerta y no volví a meterme en la piscina en varios días.

Ya ves, mamá, le decía yo a mi madre en los últimos años, con el miedo que le tenía al agua y ahora me he convertido en buena nadadora. Me miraba, feliz. Evocaba la época en que ella también había hecho deporte. Cuando daba largos paseos en bicicleta, cuando jugaba al frontón...

Seguía con pasión todas las competiciones deportivas que retransmitían por televisión, incluido el fútbol, del que hablaba siempre con mis hijos. Tenía sus opiniones, qué jugador le gustaba y por qué, cuál no y por qué.

Ciertamente, no puedo olvidar los últimos y dolorosos años de su vida, su creciente incapacidad para valerse por sí misma, para andar. Pero en el fondo de todo está la agilidad y la intrepidez de su juventud. Siempre tenía las piernas llenas de cardenales, les decía a mis hijos con complicidad. Era audaz, era demasiado audaz, decía, riéndose, orgullosa de haber sido tan audaz, tan intrépida.

Pasé con ella muchos veranos de piscina y algunos días en el mar. Nunca tuve la impresión, durante mi infancia, de que mi madre le tuviera miedo a nada. Ni a los perros, con quienes mi tía Sole tenía una relación tan especial.

Evocando esta época juvenil de mi madre, me digo que debo rescatar su atrevimiento, que debo seguir nadando en la piscina y también en el mar, que todo el miedo que me invade al emprender un viaje, al alejarme de mi casa, aunque no sé si lograré vencerlo del todo, quizá se vaya aminorando sin poner mucho esfuerzo por mi parte. Quizá exista en alguna parte del universo un ángel protector que conoció el miedo y quiere, ahora, liberarme de él.

LOCOS Y ENFERMOS

Ésta era la frase con la que mi madre concluía las crónicas que, a petición mía, me hacía de la vida de quienes habían sido sus vecinos mientras ella vivió en Pamplona toda su vida de soltera, mientras fue niña, adolescente, joven y, finalmente, una novia resplandeciente, los ojos llenos de inocencia. Los inquilinos del piso del centro y la derecha, cuyas puertas daban al descansillo en el que, a la izquierda, se abría el piso de mis abuelos maternos, fueron siempre para ella el símbolo de lo desajustado, del desequilibrio. El piso de los vecinos debía de ser, suponíamos, un piso enorme, daba la vuelta a la calle y al otro lado tenía una terraza y una galería donde la madre de estos vecinos pasaba las horas ensimismada, medio ausente.

A mi madre le gustaba hablar de sus vecinos. Cuando, ya casada y con hijas, volvía a Pamplona y nos instalábamos en casa de la abuela, muerto ya el abuelo, para pasar el verano, estos vecinos fueron también míos, aunque nunca los vi o no recuerdo, al menos, haberlos visto. Pero sí se sabía en toda la casa que sus vidas eran irregulares. Salían al anochecer y regresaban de madrugada, perfectamente borrachos. El sereno les ayudaba a subir las escaleras y tenía también la llave de la puerta, de manera que él mismo los llevaba hasta la cama. Recuerdo algunas noches de mi infancia en la que alguien decía en nuestro piso, susurrando: ¡Ya están aquí!, ¡vaya jaleo que están armando hoy! Y corríamos, las primas y las criadas, en camisón, a asomarnos a la mirilla de la puerta. Yo oía sus voces de borrachos, la voz del sereno, ruido de zapatos y bastones, pero nunca llegué a verles a ellos, supongo que, porque al ser yo la más pequeña de los primos, y el espectáculo tan fascinante, nunca me llegaba el turno de apoyar la frente en el metal de la mirilla.

Pero el no verles no me impidió elucubrar sobre sus vidas. Escribí, muchos años después, un relato sobre esas escenas nocturnas y, más tarde, volví a recrearlos en una novela. Mi madre me decía algunas veces desde entonces: Esto que te voy a contar, por favor, no lo saques en una novela. Pero en el caso de sus vecinos, ella supo siempre que yo quería escribir sobre ellos. Hablábamos de ellos por teléfono. Poco a poco, iban saliendo recuerdos. Uno de los vecinos, médico, pasaba consulta en el bar de la esquina. Lo has tenido que ver muchas veces, me decía mi madre. Pero los veranos de Pamplona ya estaban lejos y yo sólo recordaba el bar y, si acaso, un tumulto de gente en su interior. Y con estas palabras concluyó más de una vez nuestra conversación: Así acabaron, locos y enfermos, los pobres, uno separado de su mujer porque la pegaba, bueno, es que con ella no podía... La voz de mi madre se desvanecía, no podía pronunciar lo impronunciable, yo tenía que imaginarlo: impotencia. Locos y enfermos, seguía, aunque muy simpáticos, encantadores, nos saludaban siempre, ¿no te acuerdas? Se quitaban el sombrero, unos caballeros, pero tenían esa desgracia, no podían dejar la bebida, engañaban a su madre, que no se enteraba de nada, le robaban dinero. Le pedían dinero. Ella decía, hijos míos, pero si yo no tengo dinero, ya os daría dinero, pero no tengo. Y ellos contestaban: Mamá, mira en el misal. Porque el dinero que le robaban del armario, de una caja, de donde fuera, ellos lo dejaban allí, entre las páginas del misal. La pobre madre miraba en el misal y sí, allí estaba el billete. Es un milagro, mamá, decían los hijos. ¿Qué diría ella?, ¿cómo los miraría ella?, ¿los creería?, ¿creería en los milagros? Yo imaginaba la mirada pensativa de mi madre, que me hablaba al otro lado del hilo telefónico, hasta que llegaba la famosa frase, ese «locos y enfermos» que era el punto final.

Muchas veces a lo largo de mi vida me ha venido a la cabeza esa frase de mi madre. La enfermedad ha estado muy presente en mi vida y, de hecho, lo está también en mis novelas, y creo que el lugar especial que ocupa en mí está muy determinado por esa frase de mi madre. Al pronunciarla, siempre con acento compasivo, mi madre ligaba las enfermedades que acabaron con sus vecinos con la locura, con aquellas vidas bohemias de bebedores empedernidos, con una falta de adaptación a la vida normal, la que vivíamos los demás. Y había a la vez, en la voz de mi madre, un remoto matiz de admiración, como si les comprendiera profundamente, como si supiera que en la vida normal hay que hacer muchas renuncias y que, por lo que fuere, sus vecinos no habían podido hacerlas. O puede que se hubieran negado a hacerlas. Puede que se hubieran rebelado. Vivieron con sus padres largo tiempo, se casaron tarde. No supieron crecer. Estaban un poco locos, acabaron enfermos.

Si ésta era la teoría que subyacía en las palabras de mi madre, yo la suscribo. Quizá por esos comentarios y sin duda también por muchos otros, salidos de la boca de otras personas, se me fue construyendo la idea de que la enfermedad provenía de una suerte de inadaptación. Yo misma me sentía muy inadaptada, la vida de los otros me parecía indescifrable, me preguntaba cómo serían por dentro, qué pensarían, y, en medio de toda aquella incertidumbre, se sucedieron las enfermedades y, lo que fue siempre más inquietante para mi madre, mis dolencias. El dolor sin enfermedad, sin fiebre, sin razón de ser. Hubo un desfile por las consultas de los médicos, pero siempre acabábamos así: no había ninguna razón para sentir dolor o cansancio. Yo intuía que sí había una razón y que esa razón no tenía su origen en una parte del cuerpo. Yo sabía, o medio sabía, que el dolor se me filtraba por todas partes. Y sabía, o medio sabía, que no podía sacarlo. Una vez que entraba en mi cuerpo, se apoderaba de mí.

El horario escolar, tan largo en aquella época, se me hacía infinito. El lento discurrir de las horas, la monotonía de los días, exactos unos a otros, me ponía enferma. Literalmente enferma. Podía ser un agudo dolor abdominal, un vago dolor de cabeza, como si hubiera caído sobre ella una bola de plomo, un cansancio indefinido que casi me impedía andar. Muchas tardes escolares acabaron en la enfermería.

El caserón del colegio de Zaragoza era enorme. La enfermería estaba en el piso superior, no sé qué otras dependencias había allí, pero en el ancho corredor encerado, el suelo de mármol inmaculadamente limpio y brillante, reinaba el más absoluto silencio. La madre enfermera tenía la cara tan blanca como la toca. No sonreía, apenas hablaba, pero me recibía como si me hubiera estado esperando desde el inicio del día, o de los días. Me ponía la mano, también blanquísima, sobre la frente, y movía un poco la cabeza hacia los lados, disgustada. Me llevaba luego a un cuarto donde había una hamaca de mimbre cubierta con unas mantas. Me hacía echarme allí, me abría con cuidado el pesado uniforme de lana azul marino y depositaba el extremo del termómetro, la punta llena del fascinante mercurio, bajo mi brazo. Me tapaba con otra manta, se iba.

Volvía después de un largo rato, infinito, habitado de silencio. Sus pasos no se oían. Aparecía ante mí, me quitaba suavemente el termómetro y lo llevaba a la altura de sus ojos mientras yo me abrochaba el uniforme. Unas décimas, decía, suspirando. ¿Quería irme a casa?, me preguntaba. Otras veces no me preguntaba nada. Sencillamente me daba un vaso de agua de rosas y cerraba las contraventanas. El cuarto quedaba en penumbra. A dormir, mandaba. Creo que nunca me quedé dormida. Pensaba, no sé en qué, pero pensaba. Quizá, sobre todo, sentía. Estaba en aquel cuarto en penumbra, perdido en el piso más alto del caserón, adonde no llegaban los ruidos de los otros pisos, donde se daban las clases; estaba a salvo, separada del mundo, no tenía sueño, no quería dormir. Me gustaba estar allí, tan protegida, tan aislada. Llegaba la hora de la salida, el término del día, y la madre enfermera aparecía con una bandeja cubierta con un paño blanco rematado con labor de ganchillo. Me traía una taza de manzanilla y galletas maría, algo rancias. Me ayudaba a incorporarme. Yo daba un par de sorbos a la manzanilla, me tomaba una galleta. Lo hacía para no desairarla.

Me acompañaba a la puerta con su mano blanca posada sobre mi hombro. Se quedaba allí, en la puerta de su reino silencioso, mirándome, mientras yo bajaba las escaleras. Alguna vez me volví y la vi. No sé si me miraba, pero estaba allí, como si fuera su obligación quedarse delante de la puerta hasta que yo desapareciese de su vista.

Pero las veces en las que me preguntaba si quería irme a casa, yo decía siempre que sí. ¡Escaparme!, ¡salir del colegio en medio de la tarde!, eso era lo ideal, el sueño. Entonces la madre enfermera llamaba a la madre superiora y le decía que era mejor que me vinieran a buscar, y luego no sé quién de las dos llamaba a casa, si la madre enfermera o la madre superiora o una madre especial, encargada de estos asuntos de intendencia. Ese rato de espera me llenaba de impaciencia. ¿Quién vendría a buscarme? Mi madre solía enviar a una criada y si la criada estaba ocupada, planchando o haciendo lo que fuese, enviaba a María, la portera, que conocía bien el camino del colegio, porque era quien nos llevaba siempre por las mañanas. Mi madre, en casa, me recibía con extrañeza, con una sombra de disgusto sobre la cara, ¿otra vez enferma?, ¿la garganta?, ¿la tripa? Me ponía el termómetro. Ya no tenía fiebre. O si la tenía, me metía en la cama. Ya se sabía lo que nos esperaba: una infección en las amígdalas. Yo, con dolor, sin poder tragar la comida. Mi madre, a mi lado, o yendo y viniendo.

¡Otra vez las dichosas amígdalas!, decía sin decirlo. Hasta que me las quitaron. Y de una forma brutal. Me sentaron en el regazo de un robusto soldado, y el médico trató luego de ponerme en la boca un aparato metálico para que no la cerrara durante la operación. Me negué en redondo. Creo que ésa fue la negativa más rotunda de mi vida. En todo caso, la primera. El médico me hizo prometer bajo palabra de honor que yo no cerraría la boca durante la operación. Era un médico militar y el código del honor era sagrado para él. Se lo prometí. Pero en mitad de la operación, ante el espantoso dolor, cerré la boca. ¡Me lo habías prometido!, gritó el médico, ¿dónde está tu palabra?

No sé adónde fue a parar mi palabra de honor, pero mis amígdalas, una vez extirpadas, fueron guardadas en un pequeño frasco con formol. ¡Qué barbaridad!, decía el médico, ¡qué maravilla!, ¿ves cuántas cavernas tienen?, ¡qué formas más extraordinarias! Quizá esa maravilla le consolara de mi incalificable comportamiento. Había confiado en mí y yo le había fallado, pero al fin le había dado esa satisfacción, mis amígdalas eran fantásticas. Fueron a parar a un estante, el estante reservado a las amígdalas de excepción. Mis amígdalas tuvieron ese honor, el que perdí yo. Eran unas piezas de valor. A lo mejor cerré la boca para no quedarme sin valor. Demostré, en fin, no tener honor ni valor, pero creo que finalmente el médico se quedó encantado.

De regreso a casa, mis padres no dejaron de criticar al médico. ¿Cómo se le puede pedir a una niña que dé su palabra de honor?, decían, indignados. No recuerdo qué años tenía yo, alrededor de los diez, quizá. De todo el desdichado y dolorosísimo episodio, sin embargo, aún estoy orgullosa de haberme negado a que el médico introdujera el siniestro aparato en mi boca. La idea de quedar totalmente a sus expensas me estremeció de tal modo que, en el recuerdo, aún me sigue causando, como idea, más horror que el dolor que sin duda sufrí con la operación. Ese dolor ha sido olvidado, como muchos de los dolores físicos sufridos a lo largo de mi vida. Pero la idea de la boca abierta e inmóvil aún me produce escalofríos. Hice bien en negarme a que me pusieran el aparato. El médico me quitó las amígdalas, pero, al menos, no se recreó en la operación. Tuvo que hacerla deprisa y corriendo. Cuando volví a abrir la boca –¡qué remedio!–, él ya sabía que tenía el tiempo justo, que no podía hacer más exploraciones. En cierto modo, me sentí vencedora. Impuse mis condiciones y él no tuvo más remedio que aceptarlas.

Una vez extirpadas las amígdalas, empezaron las faringitis, que aún me causaron más dolor. Menos fiebre, pero más dolor. Ese dolor sí lo puedo recordar, era como tener una navaja justo donde se hace el movimiento de tragar. Acumulaba la saliva para no tener que ser herida de nuevo por aquella navaja. Un trago rápido, un estremecimiento. No moverme, no decir nada, ¿cómo se podía detener la afluencia de la saliva que acudía, imparable, a la caverna de la boca?

Pero tras las enfermedades, venían las convalecencias. Un par de días en la cama, ya sin fiebre y sin dolor. Días soleados y apacibles del invierno. Yo, sentada en la cama, con almohadas y cojines sosteniendo mi espalda, leyendo. Un tebeo tras otro, un cuento tras otro. En el resto de la casa, ajetreo, puertas que se abren y se cierran. Mi madre que vuelve del mercado, voces, olor de comida que aún duele un poco al ser tragada. Pero ya no importa. Es ya un dolor insignificante. Mi felicidad es casi completa. Mi cama y la de mi hermana, que está ahora en el colegio, están llenas de tebeos y cuentos. Me levanto y me asomo al patio. La vida está allí, esa vida que me pierdo día tras día en la monotonía del implacable horario colegial. Implacable, ésa es la palabra. Y, por tanto, insoportable. Algo muy poderoso que se me impone, que me cerca, que me aparta de la vida, la vida que intuyo cuando me asomo al patio y la vida que palpo cuando, un día antes de volver al colegio, mi madre me lleva con ella al mercado. Aún más felicidad. La calle está llena de gente, y es una calle desconocida, no es la calle Alfonso por donde vamos los domingos camino del Pilar, tampoco son las calles conocidas del trayecto hacia el colegio. Son calles estrechas, plazas en las que hombres muy mayores están tomado el sol, sentados en los bancos. Parecen muy felices. Sobre todo, muy tranquilos. Están en medio de la plaza, no tienen nada más que hacer, ninguna obligación. Y yo estoy allí, atravesando la plaza de la mano de mi madre, subiendo luego los peldaños del mercado central, deteniéndonos aquí y allí. Mi madre conoce a toda esta gente, la saludan con una confianza asombrosa. Son amigos, me digo. Mi madre tiene muchos amigos fuera de casa. La vida de mi madre me parece estupenda. Se levanta más tarde que nosotras –entramos en el dormitorio oscuro a darle un beso de despedida– y sale luego a ver a sus amigos.

Me gusta mi madre fuera de casa. Parece más alegre. Tiene otra voz. Se ríe más.

Algunas veces, mis padres están de viaje. La madre enfermera, después de mirar el termómetro, dice que me tengo que ir a casa. Nadie puede venir a buscarme, y salgo del colegio con mi hermana. Andamos las dos hacia la casa vacía. No es lo mismo volver a casa cuando está nuestra madre que ahora, cuando nadie va a recibirnos. Andamos calladas, despacio, no tenemos ninguna prisa en estar en casa. Cuando nuestros padres regresan del viaje, fruncen el ceño, como si se sintieran culpables y estuvieran un poco enfadados entre ellos. Miro a mi madre como si jamás la hubiera visto. Es una persona nueva y es mi madre al mismo tiempo. Nos traen regalos. No os pongáis enfermas cuando estemos de viaje, dice mi madre.

Pero todo esto viene de lejos. Rememoro de nuevo los días del tifus pasados al lado de mi madre. No deja de ser curioso, me digo ahora, que, una vez superada la enfermedad, hubiera ganado una cosa: sabía leer, y perdido otra: no podía andar. Me había olvidado de cómo se andaba, no sabía cómo sostenerme. Me lo habían advertido, pero no me lo creí y me caí al suelo. Me pareció inaudito. Todos andaban y yo no sabía andar. Tenía que ir avanzando paso a paso, apoyándome en la pared. El poder leer disparó mi fantasía y quizá el nuevo apredizaje de sostenerme en pie y andar me hizo, para siempre, una persona a quien le cuesta mucho esfuerzo desplazarse. Son como caras de la misma moneda. La imaginación que vuela y el cuerpo que se mueve con esfuerzo. Excepto en el agua, claro está, porque en el agua se flota y mi cuerpo se desliza con facilidad, con placer.

Salí, en fin, del cuarto rojo, del recinto sagrado en el que estuve recluida junto a mi madre, salí al pasillo, al mundo, débil y tambaleante, pero aquel tiempo me marcó. Habían ocurrido cosas fundamentales. Por encima de todo, por encima de estos hechos sorprendentes, aprender a leer y no saber andar, había vivido a solas con mi madre. Nada podría en el futuro hacer que me separara de ella. La enfermedad adquirió para mí un halo de privilegio, de excepcionalidad. La enfermedad se quedó guardada dentro de aquel escenario sagrado en el que las protagonistas éramos mi madre y yo.

Supongo que luego vino todo lo demás, todas las otras enfermedades, sobre todo las de la garganta, las altas fiebres de las infecciones de amígdalas y luego aquella brutal operación tras la que se sucedieron innumerables faringitis. La enfermedad fue una constante en mi vida y, cobrando formas distintas, lo sigue siendo. Creo que todas aquellas tardes pasadas en la enfermería del colegio, en Zaragoza, antes del traslado a Madrid, antes de cumplir catorce años, son, en cierto modo, un intento de recobrar el espacio sagrado del cuarto rojo en casa de mi abuela, el cuarto que compartí durante meses con mi madre, nuestro cuarto.

Miro ahora las sillas de respaldo recto, tapizadas

de rojo, que fueron testigos de los días del tifus. Tardé un rato en decidirme, pero finalmente pedí que me las enviaran y luego las hice restaurar. Me alegro de la decisión que tomé: tener en casa algunas de aquellas sillas rojas que habían formado parte del escenario sagrado donde mi madre y yo superamos la amenaza casi mortal del tifus.

Pero todo lo que creo que ha significado para mí la enfermedad se vio ampliado después de todos los padecimientos que vivió mi madre antes de morir.

Creo que mi madre, después del tifus, se convirtió en una persona enferma, una persona tocada por la enfermedad. Recuerdo vagamente sus consultas a los médicos y un largo tratamiento a base de cortisona para aliviar los dolores que sufría en el cuello. Sólo con ver sus fotografías es suficiente para comprender que en determinado momento de su vida mi madre se vio atrapada por el dolor. La expresión de sus ojos cambia. Toda ella cambia. En un momento determinado, mi madre es una mujer vencida, aunque no recuerdo que se quejase jamás. Mi madre está siempre allí, en el sillón tapizado de terciopelo marrón, cosiendo, cuando regresamos del colegio. Le pido que me haga una falda o un jersey. Hasta me hizo abrigos. Se ilusiona con nuestras ilusiones. Nos hace lo que le pedimos, por difícil y raro que parezca al principio. Percibo, durante largos, larguísimos años, que se ha establecido dentro de mi madre un gran silencio. Y, mientras transcurre ese silencio, sus hijas vamos dejando la casa, nos casamos, tenemos hijos.

Mi madre se convierte en abuela. Sus ojos se iluminan. Se convierte en el centro de la familia. Tiene ese don. Todo lo pregunta, todo lo quiere saber. Es entonces cuando soy, de nuevo y con mayor intensidad, consciente de su curiosidad, cuando me doy cuenta de que está al tanto de la vida de todos mis amigos, de todos los tenderos y dependientes de las tiendas del barrio. Y tengo la impresión de que, aún inmersa en su esencial humildad, sabe, intuye, se siente dueña de un don.

Años así, años que ahora evoco como si fueran un bloque, casi un año único. Hasta que aparecen las enfermedades, los ingresos en el hospital, caídas, roturas, infecciones, operaciones. A partir, quizá, de los setenta años, mi madre emprendió el camino hacia la muerte. Cada vez que es ingresada con urgencia en el hospital, me estremezco. Pienso que no lo resistirá. Mi madre odia los hospitales, las grandes salas que comparte con otras enfermas. A pesar de todo, mi madre se interesa por la vida de las otras enfermas y de sus familiares. Pero todo eso va dejando su huella. Una noche muere una de las enfermas con quienes mi madre comparte la habitación. Otras noches, mi madre no puede dormir porque otras enfermas se quejan sin parar, deliran. Odia los hospitales, yo también los odio, están socavando a mi madre. Se adapta perfectamente, pero sale del hospital cada vez más hundida.

Así, hasta su muerte. Hasta esa recta final de los

últimos años. La silla de ruedas. Los lentos paseos por la casa. Su desconcierto. Olvida unas cosas, recuerda otras que nadie conocemos. Salgo de casa de mis padres con el corazón en los pies. Sé que sufre, me lo ha dicho, aunque no le duela nada en concreto, sé que sufre porque no puede valerse por sí misma y porque siente una gran confusión en su interior. Es horrible vivir así, me dice más de una vez. Pero en las tradicionales reuniones familiares vuelve a ser la reina. Confinada en su sillón, disfruta más que nadie. Se lleva a los labios la copa de vino y nos mira con felicidad, casi con éxtasis. Todo merece la pena si ella alcanza la felicidad.

Hasta que se presiente el derrumbe. Hasta que llega el derrumbe, la muerte. Siempre nos coge por sorpresa la muerte. La muerte de mi madre se había ido anunciando, pero me cogió por sorpresa.

Creo que en un momento dado mi madre decidió tirar la toalla. Tiró la toalla y, aunque hubo un instante en que me di cuenta, luego, cuando la vi muerta, se me olvidó, y no pude soportar que hubiese desaparecido, que su vida ya no estuviera allí, que sus ojos no irradiaran luz.

Es algo que me digo una y otra vez: en los ochenta y dos años que vivió existió la felicidad. No siempre, nadie puede ser feliz todo el tiempo. Y evoco de nuevo la frase que indefectiblemente mi madre pronunciaba después de haberme hablado, una vez más, de sus antiguos vecinos. Locos y enfermos. Lo decía con pena, pero creo que ella estaba convencida –porque había, o así lo percibía yo, un matiz de admiración en sus palabras– de que en la vida de sus desdichados vecinos habían existido momentos felices, lúcidos, pletóricos.

EL SILENCIO, EL TELÉFONO, LA MORAL

Hubo silencio entre nosotras. Cuando mi madre empezó a hablar, lo hizo de forma torrencial y desordenada. Pero en la infancia, y mientras yo viví en casa, en Zaragoza y en Madrid, hubo silencio. Fueron los nietos los que la cambiaron, los que la obligaron a expresarse. No nos dimos cuenta del proceso, pero fue hablando más y más, hasta conseguir ser el centro de toda conversación. No hablaba de ella, opinaba, se animaba al vernos reír y se volvió ingeniosa, llegó a ser un verdadero espectáculo estar con ella. Su voz se le puso cada vez más ronca, el dedo acusador, deformado por la artritis, se elevaba solo. Tenía opinión y juicio sobre todas las cosas. Seguía la actualidad. Estaba interesada en la política. Los políticos de la derecha no le suscitaban la menor simpatía. Nunca dijo a nadie a quién votaba en el momento de las elecciones. Se encerraba sola en la cabina. Era partidaria del secreto. Has votado a Felipe, le decíamos sus hijas. Sonreía, misteriosa.

Mantuvo secretos –sobre todo, el voto–, pero fue hablando más y más. Murió inmersa en un torrente de palabras. Eran palabras que residían en el fondo de sí misma, palabras guardadas durante años de silencio. Quizá por eso me dolió tanto su muerte, porque yo me aferraba a ese torrente de palabras, me inclinaba para escucharla, quería saber, conocerla. Hubiera podido pasarme horas, días, años, escuchándola. Yo estaba dispuesta. Pero, naturalmente, ella no. Ella ya estaba cansada y seguramente sabía que había llegado al límite, que no hacía falta hablar más, mirarnos más, sonreírnos más.

Me hice estas reflexiones el tres de febrero del año 2000. La mañana había resultado bastante absurda. Había tenido que ir a Madrid, no recuerdo para qué. Pero, de regreso, yo metida en un taxi y el taxi metido en un buen atasco, vi un puesto de flores. Había mimosas. Le dije al taxista que iba a bajar a comprar flores, que me esperara. Seiscientas pesetas el ramo. Muy deprisa, el hombre del puesto me las envolvió y me dio el cambio, cuatro monedas rubias. Corrí hacia el taxi, detenido frente a un semáforo. No comprendía cómo había podido hacerlo. Sin embargo, fue sencillo. Pero sé lo que cuestan a veces las cosas sencillas. Necesitaba esas humildes mimosas que luego, en el jarrón, parecían valer mucho más que las seiscientas pesetas que había pagado por ellas.

Desperté con ese pensamiento: no es importante que cumpla años y que no me llame nadie para felicitarme. Pero mi madre, las palabras de mi madre, sus crónicas iguales año tras año... Tengo que vivir sin ellas, me dije. ¿Tanta carencia de amor padezco para que su ausencia me resulte tan dolorosa?, me preguntaba. No se trataba de eso. ¿Es que tan profunda y tormentosamente se me quedó clavado en la memoria ese momento en que, superado el tifus, intenté andar y tuve que apoyarme en la pared para no caerme? La pared del pasillo del piso de mi abuela en Pamplona. ¿Se habrá quedado para siempre, anidado en mi corazón, el temor de no saber, no poder andar cada mañana, al despertar?, ¿se me reproduce diariamente el dolor que me produjo separarme de mi madre, de perder a mi madre, una vez que salí del cuarto rojo? ¿Será nostalgia de la infancia perdida, de la madre perdida, cuando las dos salimos del cuarto rojo del piso de la abuela donde estuvimos recluidas uno o dos meses, recluidas y unidas, amenazadas por la misma muerte? El miedo y la nostalgia unidos.

Cuando salimos del cuarto, cada una siguió su camino. Aquellos días fueron un paréntesis. El tiempo se detuvo para todos. Sobre todo, se detuvo para nosotras, o quizá más para mí. Se detuvo para que yo supiera que andar es difícil, que las piernas no obedecen las órdenes que se les da desde la cabeza, que la voluntad no lo es todo. Vaya sorpresa. Y ni siquiera sé si aprendí la lección. Quizá todavía piense que es necesario tener mucha voluntad, y perseverar, perseverar.

Vislumbro que en cierto modo no se puede aprender la lección de forma voluntaria. No son pocas las cosas que de pronto se nos revelan en la vida, se nos muestran, nos enseñan su verdadera esencia, y podría ser que me despertara una mañana libre ya de ese miedo y de esa nostalgia que tan indisolublemente van unidos.

¿Me miraría mi madre desde alguna parte?, me pregunté, ¿no me estaría diciendo con una sonrisa que las escasas llamadas telefónicas que yo había recibido, las mimosas que yo misma había comprado y los dos ramos de flores que me habían enviado, era lo que ella había dispuesto para mí, y que hacía frío, pero que el día había sido bueno, soleado, que mi nacimiento no supuso ninguna dificultad para ella, a pesar de que pesé, al nacer, más que mi hermana mayor?

San Blas. Empezaban a hacer el nido las cigüeñas, ya habían florecido algunas mimosas. Qué suerte tienes, hija mía, me dijo mi madre. Quiéreles tanto como me quieres a mí. Dijo eso uno de sus últimos días. Y llegó el anochecer del domingo de enero en que salí de casa de mis padres con el corazón convertido en plomo y arrastré los pies por la calle en busca de mi coche y llegué a casa, muerta de dolor porque me había pasado la tarde inclinada sobre la cabecera de la cama donde mi madre, tendida, hablaba y hablaba, murmuraba, no se sabía qué decía, pero yo quería enterarme, quería saber. Llegó la despedida. Hasta el último momento, quise saber. Maldita voluntad.

He sido invadida muchas veces por la sensación de no poder superar la desaparición de mi madre, su ausencia. Me he preguntado qué es lo que de manera más significativa ha cambiado en mi vida. Éste es el pequeño detalle que día a día se convirtió en dolorosa omisión: su llamada telefónica hacia las ocho de la tarde. Eso era lo que ocurría indefectiblemente todos los días. Lo profundo lo sé y ya es inútil que me lo diga más. El tiempo pasa. El tiempo pasará... Letras de canciones tristes y consoladoras.

No puedo escuchar música clásica. Shubert y Dvorák, cuyos CDs ponía reiteradamente, me hunden en la melancolía. Dejé las sinfonías y los conciertos hace tiempo. Antes de morir mi madre sólo escuchaba ya música de cámara. Quintetos y cuartetos de cuerda.

–Rememoro de nuevo el verano de 1999. En su mayor parte, lo pasé en Madrid. Veo el escenario en el que se desarrolló mi vida; mi casa en obras. Me compré un equipo de música portátil. Hacíamos la vida en el vestíbulo. Ahí estaba la nevera, el microondas, la tostadora, la pava... Nos las arreglábamos bastante bien. La música franco-magrebí se instaló en mi vida. Cheb Mami. «Eloignez-la de moi» –«Aléjala de mí»– a todo volumen. Otra clase de melancolía. Con rabia. Proclamándola a gritos. Pidiendo algo a gritos.

No podía dejar mi casa, no podía alejarme de Madrid, la ciudad donde había muerto mi madre. Escribía febrilmente en aquel vestíbulo abarrotado. Mañana, tarde y noche. Escribía sobre una mujer que acababa de perder a su madre, una mujer que, inmersa en la mayor desolación, buscaba desesperadamente la forma de sobrevivir.

En mitad del otoño, abandoné la novela. Escribí muchos artículos y, finalmente, empecé a escribir sobre mi madre. He escrito estas páginas instalada en el sofá del cuarto de estar, con el ordenador portátil sobre un cojín colocado sobre mi regazo. Rodeada de fotografías de mi madre y de mis hijos. Mi madre joven y guapa, profundamente seria en todas las fotografías. Paseamos por un bulevar, una rambla. Estamos en Barcelona. Vivimos allí, en la calle Muntaner. Mi madre tiene, apretada dentro de la suya, mi mano izquierda. Yo abandono la mano derecha en la de mi hermana, que mira hacia el otro lado, como separándose un poco. Se le ve parte de la cara. A mí sólo se me ve de espaldas. Pienso que, a pesar de que sólo se me vea de espaldas, parezco una niña contenta, feliz, sostenida por la mano de su madre, unida con la otra mano a su hermana mayor. Andamos y quizá ignoremos que la cámara de fotos está a nuestras espaldas, preparada para ser disparada. Pero mi madre lo sabe y ladea un poco la cabeza. Simplemente hace eso: ladear la cabeza y seguir andando. No mira a la cámara, mira hacia abajo, quizá me esté mirando a mí.

Me maravilla este gesto de mi madre. Me maravilla su belleza, las facciones de su cara, su cuerpo detenido en pleno movimiento, un movimiento lentísimo, el cuello inclinado, un pie sobre el suelo, el otro levantado, sólo la punta del zapato roza la tierra. Las piernas perfectas de mi madre, el traje de chaqueta entallado, la falda a media pierna, el bolso bajo el brazo, el sombrero de ala corta. Su belleza en todo. Me estremece, me conmociona su seriedad. Por delante de ese paseo nos queda toda la vida. Dejaremos Barcelona, viviremos en Zaragoza y luego en Madrid.

Imagino a mi madre haciendo las maletas, guardando en ellas nuestra ropa, las capotas de terciopelo marrón con el lazo zapatero en la nuca que llevamos mi hermana mayor y yo en la fotografía. Imagino, sobre todo, a mi madre sentada en una butaca mirando las maletas abiertas sobre la cama, pensativa, sin llegarse a preguntar del todo cómo será su vida en Zaragoza; años más tarde, cómo será su vida en Madrid. Nunca la pregunta completa, como si no se la permitiera, como si no se atreviera, porque una pregunta lleva a otra. Los pensamientos de mi madre se quedan a medias, se quedan encerrados. No son como la ropa que se dobla y se mete en las maletas y luego, al término del viaje, en la nueva casa, se saca y se guarda en los armarios.

Ya instalada yo en esta casa de Pozuelo que tanto le gustaba, mis dos hijos creciendo, acaparando casi toda mi atención, mi madre me llamaba a las ocho de la tarde. Ya era una mujer que hablaba mucho. ¿Qué me decía, día tras día, a la caída de la tarde? No sé qué más tenía que decirte, hija mía, decía, y no colgaba el auricular, me decía algo que ya me había dicho, no quería terminar la conversación, hablaba, me hacía un resumen detallado, muy detallado, de todo lo que había hecho durante el día, con quién se había encontrado por la calle, lo que había hablado en el mercado con el carnicero o la mujer de las verduras, quién le había llamado por teléfono, pero no le bastaba, no quería colgar el teléfono, quería seguir hablando. No sé qué más quería decirte, repetía.

No sé adónde fueron a parar todos los pensamientos de mi madre que no llegaron a fraguarse, ni siquiera sé si se fraguaron o no, no puedo saber nada sobre esos pensamientos. No los conocí. Por eso miro tanto ahora las fotos de mi madre. Escudriño su cara, busco una señal. Nada. Sólo sonríe en una foto: vestida de novia. Es una mujer con la sonrisa de la novia maravillada. Lleva el traje más bonito del mundo, hecho con el satén color crema más suave del mundo. Tenía veintisiete años. Es una mujer de cintura muy estrecha y un pecho lleno, erguido, sobre el que se cierra una hilera de botones forrados con el mismo satén. Su brazo está enlazado con el de mi padre, pero, como aún es novia, no se apoya, no se recuesta. Es ligera, flota.

Me probé, siendo aún adolescente, el traje de novia de mi madre. Yo era una adolescente delgada, pero los botones de la cintura no me los pude abrochar.

Me dije que, de todos modos, me casaría vestida con ese traje. Mi madre me lo arreglaría para mí. Me olvidé. Ella también se olvidó. No entiendo cómo me pude olvidar cuando mi traje de novia fue, precisamente, una cuestión muy debatida en mi tormentosa boda. Me casé a los veintiún años. Tenía seis años menos que mi madre cuando ella se casó. En las numerosas fotografías que se hicieron después de la ceremonia religiosa –en la que me sentí por completo estupefacta, porque, mientras escuchaba las palabras que el cura nos dirigió, me dije que jamás hubiera imaginado que yo tenía que comprometerme a tantas cosas con el hombre, con el chico de veintitrés años con quien me casaba–, siempre aparezco con una copa y un cigarrillo en las manos, y no es que esté sonriendo, es que me estoy riendo. Fue un día triunfal y lo disfruté. Había llorado mucho antes de aquel día. Para mi futura familia política yo era una perfecta desconocida que, al casarme con mi novio, truncaba su carrera de ingeniero industrial. No había terminado la carrera ni el servicio militar. Nos casamos un quince de julio, aprovechando las vacaciones posteriores a la jura de bandera. Inconsciencia total. Irresponsabilidad total. Loca juventud.

Pero las dos, mi madre y yo, en el torbellino de aquel dificultoso preliminar de la boda, nos olvidamos de su traje de novia. Las cosas fueron como fueron y finalmente quizá fuese más lógico que yo me casara con mi propio traje de novia. Mis padres sabían que yo no paraba de llorar. Y sabían también que el que un hombre se casara sin haber terminado la carrera universitaria ni el servicio militar era una insensatez. Pero yo era su hija.

En ninguna de mis dos familias, la materna y la paterna, se respiraba resentimiento o rencor. La familia paterna había disfrutado de cierta fortuna, pero ya sólo quedaban los restos, las señales de la ruina. Pero en la atmósfera de la casa que había sido suya y en la que aún vivíamos dos familias –la abuela, con mis tíos, en el principal, nosotros en el tercero izquierda– todos habían crecido con bastante seguridad en sí mismos. Tenían un pasado de vida fácil, de cierto lujo, a sus espaldas y, por lo demás, ellos eran así por naturaleza, eran seguros, confiados, incluso presumían de honestos y sinceros. El caso es que no se detectaba en aquel ambiente el menor complejo. La familia de mi madre no era tan acomodada, pero tenía un patrimonio mucho más preciado para ellos: la belleza. Mi madre y sus tres hermanas, rubias y siempre un poco despeinadas, eran admiradas e imitadas por sus amigas y tenían, según nos relataron luego muchas veces, innumerables pretendientes.

Todo esto, este episodio que duró varios meses, mi perplejidad al no ser aceptada por la otra familia, es ya insignificante. Y lo cierto fue que, después de haber llorado tanto, el día de mi boda una fuerza interior inesperada me empujó a reír, a ser entera y completamente feliz.

Mi madre, desde el primer momento, desde el perdido instante en que conoció a mi novio, lo integró en su vida, lo quiso, lo amó.

No puedo saber si ella fue enteramente consciente de la complicidad silenciosa que yo quise darle desde muy pronto, pero creo que en los últimos años sí supo lo mucho que la amaba. Y fue eso lo que me pidió: Sólo te pido eso, hija mía, que quieras a Polo como me quieres a mí.

Por poco que se piense –y qué puedo saber yo, hablar yo, de los pensamientos de mi madre–, eso es un imposible. De manera que, empeñada como estoy en perseguir alguna claridad, me pregunto una y otra vez qué me quiso decir, cuál es el significado de esas palabras.

Van más allá, desde luego, pero ¿adónde van?

Da a la vida lo que me estás dando a mí. Ama la vida como me estás amando a mí.

Hace unos días, estas palabras de mi madre –esta petición, este mandato– cobraron de repente una luz nueva. Fueron una despedida. Eso lo percibí de inmediato. Mi madre me decía que sabía cuánto la quería yo y que, al cabo de muy poco tiempo, ya no iba a necesitar ese amor. A partir de entonces, de su ausencia, sería ella la que me querría a mí. Ella se ocuparía del amor que nos unía ahora. Pero el amor que le había dado hasta ese momento no podía dilapidarse, sino volcarse sobre aquellos que más lo necesitaban. A través de esas palabras, mi madre me transmitió la sensación de cercanía que nos habíamos procurado siempre la una a la otra. Sus desoladas lágrimas en el cuarto de baño de mi primer apartamento californiano estaban lejos. Mi madre, que me había pedido consuelo y refugio en un momento en que yo no había podido dárselo, ahora me decía que ese episodio no tenía la menor importancia. Era mi madre y sabía lo que me convenía. El dedo arqueado de mi madre señaló a nuestro alrededor. Están los otros, dijo. Quiéreles como me quieres a mí. Tú también lo necesitas.

Pero la vida, después de su muerte, se ha enturbiado mucho. No es fácil encontrar el centro del que puedo partir. La literatura no ha salvado nunca al creador. Le ayuda, como ayuda a los lectores.

Busco ahora palabras que puedan definir lo que siento. La incertidumbre, el desconcierto y el dolor de su ausencia, unida al deseo de felicidad. El mío y el suyo. Tuvo que ser feliz, me digo, conoció la felicidad. Debo ser feliz. Dondequiera que esté, mi madre me lo pide. También por mí, dice.

Supongo que no es casual que en el primer capítulo de este libro haya hecho referencia a la importancia que Dios o la religión tuvieron en la vida de mi madre y que esa importancia me llevara a considerar otra: la de mis amigos. Mi madre nunca los juzgaba –ni a ellos ni a nadie– desde las categorías del bien y del mal. Creo que la idea del mal no le cabía en la cabeza. En sus palabras nunca encontraron sitio la ira ni el rencor. Jamás adjudicó malos sentimientos a nadie. Cada uno tiene sus razones, decía, no podemos juzgar... Naturalmente, ella tenía sus preferencias, sus debilidades, le gustaba más un amigo o una amiga que otros u otras. Y los definía muy bien. Con ironía, con humor. Mi madre, que no juzgaba desde la existencia del mal, no paraba de opinar. Esas opiniones, esos juicios, tenían toda la apariencia de un juego, de algo que le divertía mucho. Había gente más o menos simpática, más o menos extraña, o torpe, o malhumorada, pero la maldad no era considerada. Al hablar de los otros y al describirlos en un par de rasgos, se percibía lo mucho que a mi madre le interesaba la vida, las personas.

A las ocho de la tarde, miro el teléfono. Quién sabe ya quién me puede llamar. Ya no será ella. No será su voz gastada y enronquecida y, al final, en los últimos días, sus palabras casi indescifrables.

De manera que miro las fotos, miro la cara de mi madre joven y guapa, silenciosa, infinitamente seria. En la Rambla de Barcelona vuelve la cabeza hacia mí. No me dice nada. Me lo dice todo para siempre. Me lo da todo para siempre. Estoy a la espera de ese momento que alguna vez vislumbro: poder hablar con ella. A las ocho de la tarde, a todas horas. Sin necesidad del teléfono. Quizá tenga que pasar más tiempo. Tendré que aprender a ser paciente. Y esperanzada. Jamás lo he sido; ni paciente ni esperanzada. Pero no es verdad: la niña de más o menos tres años que, sujeta de la mano de su madre, parece, de espaldas, feliz y confiada, sigue ahí, y eso lo sé perfectamente. Jamás he renunciado a ella. En medio de todos los errores de mi vida, siempre lo he sabido; tenía que aferrarme a eso: a la niña que mira hacia adelante y busca la felicidad.

Viene a mí el recuerdo de sus cartas, las innumerables cartas que mi madre me escribió cuando yo pasé temporadas fuera de España, las innumerables cartas que escribió a mi hermana Clotilde hasta el final, cuando ya sus ojos no podían entender las palabras que sus temblorosas manos trazaban en el papel. ¿Cuántas cartas habrá escrito mi madre en su vida? Si yo las hubiera guardado todas, sabría, al menos, las que me escribió a mí. Pero sólo en el último año de mi estancia en California empecé a guardarlas. Tardé en darme cuenta de que eran cartas que no se podían tirar. Había días en que venían dos cartas a la vez. Abría los sobres y miraba las fechas para leerlas en orden cronológico. Eran cartas muy parecidas, cartas en las que hablaba de su rutina, de sus conversaciones con los tenderos en el mercado o con los vecinos. Sin mediación de punto ni coma, sin recurrir a las mayúsculas, daba noticias de alguien de la familia, de algún acontecimiento, un primo que se casaba, un funeral... Hablaba, también, de lo que veía por la televisión y de lo que leía en los periódicos. Nos mantenía bastante informados. Las cartas de mi madre lo contenían todo en una misma sección, todo se relacionaba, todo estaba maravillosamente unido. «Queridísima hija», empezaba. «Tu madre», firmaba. Eran trazos firmes, su letra era puntiaguda, inclinada hacia la derecha. Una letra grande, viva, llena de fuerza.

El que Clotilde, la menor de sus hijas, viviera en Estados Unidos la entristecía, sin duda alguna, como estoy segura de que me echó de menos durante mis estancias aquí y allá. Pero a la vez, nuestras ausencias le permitieron escribir cartas, le permitieron mostrarse, compartir con nosotras la mirada con que ella pasaba revista a la vida, la suya y la de los demás, familiares, conocidos y desconocidos, gente de todas clases. Eran cartas proustianas, en las que el tiempo y el lugar se confundían. Lo que importaba era la forma en que quedaban ligadas las cosas. Por un olor, por una palabra, por algo que al principio yo no veía y que, leída de nuevo la carta, acababa descubriendo.

Evoco el momento en que yo llegaba a nuestro apartamento de Camino Pescadero, en Isla Vista, el tercer apartamento –creo– de nuestra vida californiana; venía de recoger a Diego, veníamos en bici, en mi Pegaut amarilla de diez velocidades, Diego sentado en la silleta, detrás de mí. Dejo a Diego en el suelo, encadeno la bicicleta a la barandilla del corredor donde está nuestro apartamento. Ya tengo en la mano, o en el bolso, la carta o las cartas de mi madre. Estoy deseando sentarme y leerlas con toda tranquilidad. Pero antes hay que dejarlo todo en su sitio. Pongo música. Me siento. Leo, al fin, la carta de mi madre. Diego juega sobre la moqueta, la dichosa moqueta tan difícil de limpiar, que cubría todos los apartamentos californianos. Es un momento feliz de una época feliz de mi vida.

Le agradezco ahora a mi madre todas sus cartas, sus cartas casi diarias. Supongo que le dieron a su vida un significado. A mí me dieron mucha felicidad. Me reía con la peculiaridad de su estilo, me admiraba la sabiduría de sus comentarios, me conmovía el amor que las impregnaba. Me la imaginaba escribiéndolas después de desayunar, aún en bata, aún con el pelo algo desordenado, haciendo recuento de todo cuanto tenía que contarme, todas las novedades que se habían producido desde la última carta, escrita algunas veces hacía veinticuatro horas. Esas cartas nos ayudaron a las dos a vivir.

Todas esas cartas, recordadas ahora, vienen a mostrarme el empeño con que mi madre se aferraba a la vida. Eran crónicas de la vida y eran, a la vez, el vínculo que ella quería mantener conmigo, con todos nosotros, día a día. Esas cartas son una sucesión de afirmaciones.

Unido al recuerdo de todas las cartas que mi madre me escribió, vienen a mi cabeza los recados que yo le pedía que me hiciera. Desde un hilo de color marrón tabaco o azul turquesa a una cremallera o medicinas. Medicinas. Me mandó a Trondheim, la pequeña ciudad noruega donde, nada más casarnos, mi marido y yo vivimos ocho oscuros y fríos meses, innumerables cajas de Saridón. Delgadas y pequeñas cajas de color plata con las letras en azul. Ojalá hubiera guardado alguna de aquellas cajas. Eran de cartón. Luego fueron de aluminio. Pero cuando mi madre nos mandaba el Saridón, junto a algunas cajetillas de Ducados, las cajas eran todavía de cartón. Medicinas y tabaco. Saridón y Ducados. Los paquetes eran pequeños. Llegaban cada seis o siete días. Íbamos a Correos a buscarlos. Finalmente, la policía noruega decidió prohibir la llegada de aquellos cargamentos. Pero yo ya tenía muchas cajas de Saridón acumuladas, una buena reserva.

Mi madre, en sus cartas, siempre expresaba una preocupación: ¿Tienes bastante Saridón, hija mía? Tenía bastante Saridón.

Yo padecía, desde unos meses antes de casarme, fuertes y frecuentes dolores de cabeza. Me acostaba y mi madre me traía a la cama un vaso de agua y la caja de Saridón. El Saridón nunca faltaba en casa. Mi madre había padecido fuertes dolores en las cervicales y había seguido un tratamiento con fármacos cuyo componente principal era la cortisona. El Saridón siempre estaba ahí, en el cajón de su mesilla, por si acaso.

Durante mi estancia en Noruega, me dolía la cabeza un día sí y otro no y, como mi madre confiaba en el Saridón, me lo envió en grandes cantidades.

El Saridón ya no existe. Mi madre lo decía con el ceño fruncido. Era buenísimo, añadía.

Todo lo que ayudaba a vivir era bueno para ella. A mis hijos les hacía bromas en las reuniones familiares. La próxima vez tenéis que traer porros, les decía... Si yo fuera joven... Hay que disfrutar, se reía, mirando a mis hijos con complicidad.

Yo estaba terminando una novela y me sentía muy cansada, así que llamé a mi madre y le dije que me gustaría tener centraminas. Aunque en mi corta época universitaria la Centramina era moneda común y corriente entre los estudiantes, ahora sólo se conseguía con receta.

Mi madre me llamó muy pronto por la mañana. Tengo eso, dijo en voz baja. Si quieres, te lo llevaremos esta tarde. Así fue. Mis padres vinieron a casa y mi madre sacó del bolso el pequeño envoltorio que contenía la caja de Centramina. Aún la tengo. Tiré muchas cajas de Saridón, pero esa caja ilegal de Centramina la guardo como un tesoro. Mi madre me la dio con los ojos iluminados: me estaba ayudando, confiaba en mí, sabía que la vida no es fácil, que a veces se hacen esfuerzos desproporcionados. Una madre está para ayudar.

Con el recuerdo de todas las cartas que me escribió y de todas las medicinas que me procuró, me digo que una persona se sostiene por sus afirmaciones. La negación es amarga y hunde, socava, destruye. Veo ahora la vida de mi madre como una cadena de afirmaciones, un largo viaje apoyado en innumerables síes. Ochenta y dos años de afirmaciones.

Mi madre, en la foto tomada en la Rambla de Barcelona, mira un poco hacia atrás –nunca mira a la cámara–, pero su cuerpo se mueve. Mi madre no se detiene. Me mira y sigue andando, apoyada en sus afirmaciones. Recorre ochenta y dos años.

Pozuelo, diciembre de 2000

ÍNDICE

ÍNDICE